BOOK & BOX ORIGINAL DESIGN by VEIA

第三話

千刀・鎩

插畫：竹
書法：平田弘史

序章

■　■

「這歷史錯得離譜。」

說這話的是誰？

我不明白。

是誰說的？

幾時說的？

我憶不起。

不——我壓根兒沒記得過。

「與原來的歷史截然不同，錯得離譜，無一處與事實相符，盡是胡謅。」

那人淡然續道。

淡然——卻壯氣熊熊，蘊含著靜謐燃燒的思緒。

那人滔滔不斷地續道：

「錯得離譜——這歷史便如驢生笄角，與它應有的面貌大相逕庭——不該如此，不該如此。」

相悖。

謬誤。

歧異。

那聲音不帶一絲迷惘，亦無分毫躊躇。

「███。」

那人喚著我。

但他喚我什麼？

我不明白。

那是我遺棄的名字，不復呼喚的昔日名號。

是被遺棄的過去之中，無關緊要的一部分。

「問題是，這歷史雖然錯得離譜，卻四平八穩——███。它極為端正，穩穩當當，好似平靜的水面，均衡成形，直教人錯以為能履於其上。」

然而，實際上，它並未結冰；只消踏上一步，便會沉落。

那陰鬱的聲音說道。

是誰？

你究竟是誰？

我應當不識得你。

「███，何為歷史？」

不相識的你如此問我。

我沒回答，無意回答。

並非因為我不懂——雖然我的確不懂。

然而，我明白。

這是——記憶。

縱使我憶不起，記不得——這只是個回憶場面，無所謂答或不答——橫豎只是個回憶。

便如那不成聲的名字一樣，是我遺棄之物，一筆抹去的記憶。

「好答案。」

那人如此說道。

回憶中的我，作何答覆？

答覆亦是回憶。

遺棄的回憶。

好答案？

「那麼，你可願聽聽我的看法？■■■——所謂歷史，便是人生存的證明，奮力生存的證明。所以——」

那聲音溫文和順。

可是，這反而讓我知道，

你其實怒火中燒。

「該維持應有的面貌。」

你斷然說道，顯然心意已堅。

「■■■。」

你說道：

「我要讓水面生波。」

你又說，凡事試過便知。

試過便知？

你要為了這一翻兩瞪眼——不，十之八九——不，萬中無一之事而拋棄性命麼？

沒錯。

你明白。

你應該明白。

明白自己不是對手。

明白這心願無法實現。

你比誰都明白。

「我要丟顆石子到平靜的水面上，引它生波。我要證明再怎麼四平八穩，水終究是水。」

你可知道，將有多少人因此喪生？

不只敵人，你的戰友，你的親人——死傷可是難以計數啊！

這件事你亦該明白，你卻口稱不知。

「結果如何，我不明白。或許什麼也不會發生，什麼也不會改變，或許只是無謂的掙扎。我亦是謬誤歷史的一部分，要導正謬誤，並不容易；即便如此，至少我能證明謬誤為誤。」

即使無法導正謬誤，

只要能證明謬誤為誤，

你便甘願了？

「■■■。」

你再度呼喚我的名字，猶如說服自己似地重複前言；彷彿不這麼做，便會為巨大的波瀾吞沒。

「這歷史錯得離譜。」

然而，果然，

我還是忘了。

■ ■

——好啦，故弄玄虛的回想到此為止。

這回的集刀是出雲篇。

提到出雲，便想到巫女；提到巫女，便想到出雲！
想來出雲只有巫女！
便似諸葛亮大開城門，看似十面埋伏，實則四空八虛。
掉什麼書袋來著！
無血，無淚，有歡笑。
奇態，失態，時代劇。
刀語第三卷，就此展開！

一章 三途神社

■■

出雲位於現代島根縣的東部，自古以來便被視為眾神雲集之地。陰曆十月有個別稱叫神無月，在出雲卻是以神有月稱之，便是緣於此故。打開古事紀與日本書紀，以出雲為舞台的神話比比皆是。在這個時代——不，在任何歷史的任何時代，出雲俱是與聖地之名相得益彰的土地；而三途神社便巍然屹立於出雲的正中央。

三途神社。

其掌理人敦賀迷彩持有的千刀「鎩」，便是奇策士咎女與虛刀流第七代掌門鑢七花接下來欲蒐集的刀。

■■

「……對了，咎女，上回妳提起時我沒聽清楚——咱們要奪的第三把四季崎記紀變體刀──千刀『鎩』……該不會有千把吧？」
「不錯。」
七花問得戰戰兢兢，咎女答得果斷分明。
「合千為一，即是千刀。」
「……唉，說真格的，我也懶得去挑四季崎之刀的毛病了，怪傻氣的。可照這麼說來，完成形的數量豈不比試作的九百八十八把還多……？」
七花的意思是，既然千刀有千把，那麼嚴格說來，完成形變體刀的數目應當是一千零一十一把；但咎女卻只是漫不經心地回道：
「確實傻氣。」
七花挑這個毛病也是出於好意，咎女這般態度未免太過冷淡。
「傻瓜不識氣，簡稱傻氣。」
「不，沒這種簡稱法。」
「合千為一便是千刀的賣點，我們也只能認同。目前已得手的兩把變體刀，不也各有特色？七花，若爾沒忘，便說來聽聽吧！」
「呃，第一把絕刀『鉋』的特色，是在於它不折不損的剛硬……亦即『堅韌』。而第二把斬刀『鈍』，則是號稱無堅不摧……也就是『鋒利』。」

「不錯。」

咎女點頭。

「而第三把千刀『鎩』，便是以其壓倒性的數量……亦即以『多寡』為重點而造的刀，因此才有千把，千把仍是一把罩。」

「妳別胡亂接詞嘛……」

這才叫不識氣呢！

然而，咎女並不理會七花，繼續說明。

「想當然耳，天下間不會有兩把一樣的刀。沒人能在完全相同的環境、條件及狀況之下打刀，即便是同一個刀匠以同一套手法鑄刀，造出來的刀依舊略有不同，似是而非，或可稱為姊妹刀，卻稱不上孿生刀。」

「嗯……唔？這麼說來……」

「沒錯。四季崎記紀是個喜愛挑戰之人，興許是他生性不服輸，又興許是他素愛為不可為之事。簡而言之，千刀便是千把完全相同的刀。」

由材質、重量至鋒利程度，皆是一模一樣。

「就物理上而言，完全一樣？」

「爾曾說過四季崎記紀似乎不把刀當消耗品，或許這把千刀卻是例外；即使折了、損了，也還有九百九十九把備用，可說是至高且絕對的消耗品。」

「嗯……人家常說好刀要熟手，得花不少時間；若是折了用慣的刀，又得花一段時間熟悉下一把刀。這段弱化期間，可是每個劍客皆避不了的。」

七花賣弄了一段聽來的知識。

「不過刀若相同，便省去了這道工夫……免了習慣的時間。」

「沒錯，可以這麼說。或許還能變個說法——千刀即是千把變體刀中唯一尋常的一把。」

「尋常……太荒唐啦！四季崎記紀這個刀匠，就連要打把尋常的刀，都能打成那個樣子啊？」

「正因為他無法成尋常之事，才是個異常之人。即使用尋常鑄法，造出來的刀依舊古怪至極——這就是四季崎記紀，亦是他被譽為傳奇刀匠的原因。」

「這便是終極的平凡啊……身為消耗品，方是刀的本分；所以四季崎記紀為刀起名時，才取了『鎩』字。」

金字旁加上殺。

鎩。

「不過，縱使是消耗品，還是得集齊了千把刀方可稱之為千刀，因此爾蒐集時，仍得如之前一般，不可有所折損，切記、切記。」

「原來如此，我懂啦！既然妳事先提醒了，就沒問題。話說回來——咎女，倘若千刀的特色唯有如此，便和斬刀一樣，不足為懼。數量多，在我看來和一般的刀並沒分別。反正不可損刀，備用品自然派不上用場；管它總共有多少，一個人頂多也只能拿兩把。這回就讓妳見識見識虛刀流對付雙刀的手段。」

「事情沒這麼簡單。」

咎女說道：

「這回的敵手可是有一千個人。」

「啥!?」

七花過於驚訝，竟差點兒將咎女摔落地；幸虧他及時屈膝，趁著咎女尚未落地時將她重新抱起。而咎女則是慌得忘了驚叫，對著七花怒吼：

「白、白痴！要是在這種地方摔下去，必死無疑！爾想殺了我麼！等到我滾到山腳下時，已經不成人形啦！」

「嗯，從這裡摔落還能活著的，大概也只有真忍的蝙蝠了吧……」

七花被咎女尖銳的聲音搞得心煩，轉頭望向身後，映入眼簾的是一路爬上的石階。他穿越了不少鳥居，如今頭一道鳥居已變得模糊不清了。

七花沒數過，但他猜想自己大約爬了六百來階。這道近乎一直線的陡峭階梯，至今總算過了一半。

他們的目的地為三途神社。

通往正殿的石梯共有一千階。

嚴格說來，三途神社所在的出雲大山已算在三途神社境內；然而一般說起神社，指的往往是爬上千層階梯、穿越最後一道鳥居後的區域。

即使如此，咎女起先仍是威勢赫赫，揚言要自力爬上去。

而她的決心，卻在爬過百階後瓦解。這個數目算是放棄過早或是已然盡力而為，留待各位聰明的看官自行判斷；但原來小有自信的奇策士可是為此沮喪不已。她雖沒半點兒運動細胞，但還能徒步穿越因幡沙漠，抵達下酷城，可見她單就體力而言，是不落人後的。只不過走平地與爬樓梯使用的肌肉完全不同，更何況這道階梯陡峭艱險，難於上青天，也難怪她爬了一百階以後，要大呼吃不消了。

「……七花。」

她上氣不接下氣。

「對不住，我不成了，帶我上去。」

「…………」

真沒用！

七花可有這麼想，姑且不論。

「呃……那我背妳上去就行了吧？」

「唔……爾竟敢要我做這等傷風敗俗之事？」

「傷風敗俗？」

「這豈不是要我從後抱住男人麼！」

「嗯……那又如何？」

「那就有了肌膚之親啊！」

「那又如何？」

七花不明所以。

「要是用背的不成，還可以用扛的。」

「嗟了！」

咎女揍了七花的臉孔一拳。

縱使弱如咎女的拳頭，往臉上砸多少還是會疼，然而鑢七花卻沒避開這記（對他而言慢得過了頭的）拳頭。真不知該讚他忠心耿耿，還是罵他是個精神上的被虐狂。

「用扛的更是傷風敗俗！背人倒也罷了，扛人根本不是成年男女的行止！」

「咦？可我在島上常和姊姊——」

「常和姊姊？」

「……不，沒什麼。」

七花見咎女的眼神越來越凌厲，便住了口。就倫理上而言，這亦可說是個正確的判斷。

「那妳要我怎麼辦？假如有肌膚之親就是傷風敗俗，我可沒辦法帶妳上去，妳只能靠自己……」

「蠢材！我可是奇策士啊！」

咎女滿頭大汗，卻得意洋洋地說道：

「山人自有妙計。」

咎女所謂的妙計，便是先將自己的身子打橫，再由七花從下支撐，抱在胸前；說穿了，便是現代所說的公主抱法——當然，他們無從得知。縱然咎女原本便是一國的公主，這辦法也太過火了；見了這幅構圖，只怕沒人會認為他們之間是雇工與雇主的關係。

用這種對手臂負擔最重的方法抱了個人，還能一面談笑風生，連爬五百階樓梯，說來七花的體力與臂力也著實令人咋舌。話說回來，在這等姿勢之下（更何況眼下便是六百階樓梯）險些被摔落地面，也難怪咎女要怒斥七花了。

此時咎女沒喝聲「嗟了！」並拳打七花，純粹是怕會讓自己真的摔落地面。這句因誤會而生的口頭禪，越說日後越是丟臉，但願忍住的這一次能為日後的她帶來些許安慰。

——直到兩個月後，奇策士咎女才會發現「嗟了」為「嗟嗖」之誤用。

「嘿咻！」

七花一面調整咎女的位置，一面從單膝跪地的姿勢起身。他找了個既好抱又舒適的手勢，再度爬起石階來。

七花本欲拉回話題，卻忘了自己先前說到哪兒；正當他想破了腦袋——

「我還以為爾會說『依我的算法，是一千把』呢！真是的。別的不說——」

幸虧咎女主動提起。

「——不光是千刀的來歷，敵手有千人之事，我也已對爾提過了。」

「唔？是嗎？」

「沒錯。」

然也，咎女在第二卷終章確實提過。

「……那應該不是我忘記，而是沒聽清楚。」

「我不是要爾仔細聽別人說話麼……也罷。當時即使爾問起，我也不會回答。」

「又是機密？」

「正是機密。」

「不過，咎女，妳說當時不回答，代表現在妳肯回答囉？拜託妳老實說，敵人真有一千個嗎？我記得妳一開始說過，完成形變體刀的正主兒只有十二人啊！」

「我是說過。放心吧！單就這一楯而言，並非半途改了設定，而是一開始便如此。」

「單就這一楯而言……？」

莫非別楯就有改了設定的？

「千刀的正主兒只有一人，便是掌管三途神社的敦賀迷彩。」

「敦賀迷彩，這名號我沒聽過。」

「孤島長大的爾若是聽過，那才奇怪。不過，在目前已知的持刀人之中，她確實最為籍籍無名，畢竟她並非劍客。」

「她不是劍客？」

七花面露厭煩之情。

虛刀流雖是不使刀劍的劍術，基本上仍是以劍客為假想敵；若要拿真庭蝙蝠之戰與其後的宇練銀閣之戰相比——雖然比較並無本質上的意義——卻是前者留給七花的印象較為強烈。這非是因為真庭蝙蝠強過宇練銀閣，乃是因為他不是劍客，而是忍者之故。

「她是神社之人，我也早料到了幾分。所以呢？為何正主兒只有一個，敵手卻有千人？」

「不消說，自然是因為迷彩掌管三途神社。三途神社的規模逾常，擁有千名巫女，每個巫女各自分守一把刀。」

「……啊，這麼說來，咱們一路上見到的那十幾個──」

「嗯。」

咎女頷首。

「為免爾動搖，是以我沒說──沒錯，她們便是守護千刀的黑巫女。」

「……………………」

那十幾個。

她們。

提到出雲，便想到巫女；提到巫女，便想到出雲。如這句俗語所示，自入出雲以來到出雲大山的這段路上，七花與咎女見過十幾個巫女；這些人個個古怪得緊，是以七花與咎女只須以代名詞形容，便知彼此所指為何。

她們如大陸的妖怪一般，以偌大的白色符咒隱藏臉孔，而且個個佩刀。

這麼說來，那些刀便是……

「從京都到這兒，一路上我也見過形形色色的人，那些人算得上式怪的了。她們便是這回的敵手？咎女，其實妳不必管我動不動搖，事先告訴我不就得了？咱們已經放過十幾個黑巫女了，要是妳先同我說，現在早已拿到十幾把千刀啦！」

「所以才說爾是個蠢漢。」

「是嗎？」

「所以才說爾沒特色。」

「是、是嗎？」

「所以才說爾變不出花樣。」

「是、是是、是嗎？」

真是嘴上不饒人。

然而，說來諷刺，由於咎女被攔腰抱著，無論他們說了什麼，看來都像是打情罵俏。

「試想，即使得了十幾把千刀，那又如何？我再說一次，集齊千把方可稱之為千刀。我們又何必打草驚蛇，把事情弄得更棘手？」

「話是這麼說沒錯……」

即便如此，依舊無法改變敵眾我寡的狀況。

縱然再麻煩，所謂千里之行，始於足下，還是只能一把一把蒐集——

「不然。敵手雖有千人，千刀的正主兒卻只有一個——敦賀迷彩，只有她一人。只要與她談判，便可打破僵局。」

「唔……談判啊？」

「怎麼？莫非爾有把握勝過千人？」

「這倒是沒有。」

據說斬刀的原主——宇練銀閣的祖先宇練金閣於舊將軍獵刀之際，曾以一敵萬；然而當今已非戰國亂世，七花生長於安逸太平的尾張時代，如此龐然的數字實在超乎他的想像。這無關有無自信，而是千人這個前提教人難以消受。

此事姑且不論，七花對咎女的談判能力著實有點兒懷疑。她雇用七花及會見宇練銀閣時，談判都以失敗收場；非但如此，在七花之前雇用的兩個人物——真庭忍軍十二首領之一的真庭蝙蝠及日本最強的劍客錆白兵，也都先後倒戈。

七花承認咎女頗有智計——從孤島渡海前來本土之後，七花也懂了些世事，知道咎女年少，又屬女流，能居將軍家直轄預奉所軍所總監督之位是如何非比尋常；然而，她的智計到了實戰卻似乎派不上用場。

興許是因為軍所軍師向以指揮大局為本，因此不善於個人應對之類的小場面。

咎女猶如看穿了七花的心思，說道：

「看來爾把我瞧得挺扁的，不過爾大可放心，這回與宇練那時不同，是場有勝算的談判。」

「是嗎？」

「因為這是第三把刀，我方已握有絕刀與斬刀。所以——」

「所以？」

「所以有了談判籌碼。」

咎女笑得豪氣萬千，說得斬釘截鐵，七花便不再追問。他認定談判是咎女的工作，也知道自己連派不上用場的智計都沒有。四肢發達，頭腦簡單——這句話活脫便是鑢七花的翻版。雖然也有胸大無腦的說法，但咎女的胸並不大，套用不上。

「縱使不論這一節，三途神社好歹是個組織，容易說話。」

「組織？可是和幕府有淵源？」

「何以這麼想？」

「我好像聽說過，神社、寺院之類的，都是由幕府一個叫什麼來著的機關管理……叫做寺社奉行是吧？」

「嗯，難得爾知道，值得讚許。很好、很好！」

說著，咎女伸手摸了摸七花的頭。

咎女只是存心嘲弄七花，但由於她被攔腰抱著，看來仍像打情罵俏。他們正爬著通往神社的神聖階梯，行止若此，實在不該。

順道一提，被摸了頭的七花倒是滿心歡喜。他是個毫無心機之人。

「八成是聽旁人提起刀大佛時，順道聽來的吧！」

「嗯，或許是。」

刀大佛——土佐鞘走山清涼院護劍寺的刀大佛。

當今幕府成立前，稱霸戰國時代、一統天下的舊將軍——當然，這個「舊」字是站在現在的角度加上的——頒布獵刀令，以蒐集來的十萬把刀打造成這尊巨大的佛像。當然，建造大佛只是獵刀令表面上的理由；舊將軍真正的目的，是集齊支配戰國的千把四季崎記紀變體刀。

過了一百數十年，如今奇策士咎女正著手蒐集連舊將軍亦無法集齊的十二把刀。

因此，便是島生島長、不知世事、不信神佛的七花，也對這個劍客的聖地產生了興趣。旅程途中，他聽旁人提及，便記下了。

「嗯，確實是由寺社奉行管理，但沒這麼單純。寺院或許好應付，神社可就不同了。」

「唔？差不多吧？還不都是宗教？」

「對爾而言或許是如此……唔，該如何說明是好？其實此事也無須說明。」

然而，最後咎女仍決定教以基本。

「爾方才以宗教一言蔽之，其實不然。無論是佛教、當今國內禁止信奉的耶穌教、與前兩者並稱天下三大宗教的回教及大陸的儒教……每當我們提及宗教時，所指的皆是某種『教誨』；不過我國的神道並非『教誨』，而是『道』，這點爾該記住。」

「…………？」

教誨。

道。

七花不懂兩者間的異處。

咎女似乎打一開始便未期待七花懂得，沒等他回答便開始作結。

「簡而言之，縱使尊如幕府，對於神社的所作所為亦難以置喙；更何況出雲為眾神雲集之地，擁有治外法權——不，或許稱為自治區較為妥當。」

「是嗎？」

「不錯。若非如此，強逼對方交出千刀來便成了。正是因為辦不到，才有這趟集刀之旅。」

「唔……那舊將軍獵刀時又是如何？當時千刀的正主兒也是三途神社的掌理人嗎？就像宇練那次一樣，是敦賀迷彩的祖先——」

「不，並非如此，是千刀的正主兒敦賀迷彩繼承了三途神社；不過前因後果，我並不明白……雖說三途神社的作風原就迥異於其他神社，但成為武裝神社，卻是在敦賀迷彩繼承之後。」

「武裝神社……嗯，作風迥異這一點嘛，看了那些巫女的打扮便知。和一般巫女相較之下，那身黑色裝扮真是古怪得緊。」

「嗯。三途神社的特性，之後我會逐一說明……說歸說，有些事是爾親身體驗之後方能明白，我能說明的也不多。總而言之，談判便交給我。最壞的情況，我也會設法撥弄迷彩與你單打獨鬥。」

「這算最壞的情況？」

「能避免動手自是最好，不過若是能避，也不必如此費事了。宇練那一回亦然，四季崎之刀的毒性非同小可。」

「我懂，只是妳別勉強。要是避得開所有的打鬥，那還要我做什麼？以一敵千確實超乎我的想像，不過妳要我動手，我便動手。」

「……………」

七花若無其事地說道。若能將此話當成七花耿耿忠心的表徵，或許咎女還能感動；但聽了這句話，咎女心中卻是另一番滋味。

妳要我動手，我便動手。

七花這句話並無絲毫虛情假意，事實上正如他所言——七花在咎女指使之下，已擊破真庭蝙蝠及宇練銀閣。

只不過，擊破、打垮都是好聽的說法；他所做的，不過是以幕府權力為後盾的殺人。

是打鬥殺伐。

真庭蝙蝠那一回，還算得上正當防衛；但上個月的宇練銀閣呢？他是壞人、惡徒、匪類——但能因為如此，便為了奪他手上的刀而殺了他麼？

要七花動手的是咎女。

她明白這回集刀，便和拿著令箭當強盜無異，因此才格外執著於談判——即使明知談判並無意義。她當然明白動武是無可避免，但她仍要談判。不光是蒐集斬刀之時，從前與真庭蝙蝠奪絕刀及與錆白兵奪薄刀時，她都是先談判才動手。

她知道這是偽善，絕非正義；但這是她定下的原則。

她謹守原則，進行談判。

為了野心，為了復仇，她必須集齊所有刀。

咎女的立場遠比旁人所見的還要岌岌可危，她已爬到了頂點，若欲更上青雲，只得出奇制勝，成就不可能之事——比如集齊連舊將軍都無法集齊的四季崎記紀變體刀。

為此，她早有犧牲一切的覺悟。

如同過去捨棄了一切，今後她也得繼續割捨下去。

「…………」

「唔？怎麼啦？幹麼悶不吭聲？」

「不——沒什麼。」

沒錯，沒什麼。

割捨算不上什麼。

但鑢七花呢？

這個叫鑢七花的男人，既無覺悟，亦無所捨；他沒有正義，沒有原則，沒有野心或復仇心，卻毫不遲疑地殺了蝙蝠及宇練，便如一把刀一般。

刀選擇主人，卻不選擇砍殺的對象。

虛刀流，正似一把日本刀。

雖然可靠，卻也可怕。

七花自小於孤島生長，個性純樸，不知世事；咎女原先擔心他不願幹這種強盜般的勾當，殺人時或許會心生猶豫。下酷城與宇練銀閣一戰，可說是試金石；就結果而言，他合格了，無可挑剔。

合格過了頭。

他毫不猶豫，簡直缺乏人性。

非如此不足以成事——咎女在七花之前雇用的真庭蝙蝠與錆白兵，也都是這種人。蝙蝠與錆殺起人時滿不在乎，甚至還能哼個小曲兒。

不過，他們都是有所覺悟之人，都曾為了造就這樣的自己而割捨某些物事。

七花不同。

鑢七花天良未失，卻下手殺人。

若說無法成尋常之事的便是異常之人，那麼七花並非異常。他尋常得很，尋常地笑，尋常地氣惱，尋常地傷心——尋常地殺人。他能尋常地幹出喪盡天良之事——咎女雇來集刀的劍客，便是如此人物。

明明無甚特色，卻滿不在乎地出異常之言，行異常之事。

打個比方，宇練銀閣一戰後，七花與咎女閒聊時曾如此說道：

「幸好宇練是孤家寡人。」

他的口吻顯示他是由衷這麼想。

「這樣他死了，就沒人會難過。」

聽七花溫文和順地說出這種話，咎女張開嘴，卻說不出隻字片語。

這確實是事實，卻是不該觸及的事實。

島生島長，不知世事。

正因他純樸，反而不為倫理及道德所拘，沒有善惡之別，對旁人言聽計從。

若是咎女要他動手，他真會動手。

即便對手是祀奉神明的巫女，他仍會用虛刀流的招式將其千刀萬剮，毫不遲疑。能否以一敵千姑且不論——縱然對手並非劍客，而為弱質女流，他依舊渾渾噩噩，格殺無誤。

即使告訴他黑巫女的來歷，他依然會這麼做。

殺害巫女。

這是一句不知世事便能解決的麼？

若是戰國亂世便罷，這絕非太平盛世之人應有的行止。

這回倒還無妨，敦賀迷彩及祀奉三途神社的千名黑巫女，對幕府而言，俱是殺之無礙之人。

然而，無論該不該殺，都與七花無關。即便是殺不得的人——即便對手並非孤家寡人，哀悼者眾——若要七花動手，他便動手。

要問這是好是壞，自然是好；但要論是善是惡，卻是罪大惡極。

只不過，咎女早明白了。

她打一開始便明白虛刀流是這種流派。

因為七花之父——已故的前代虛刀流掌門鑢六枝，亦是如此殺害咎女的父親。

是以他們絕不背叛，不似蝙蝠或錆一般背叛咎女。

刀斷不會反叛認定的主人。

用鑢七花這個人，須得有萬全之策。對於不屑攜刀配劍的奇策士而言，虛刀流可說是例外的兵刃；一把鋒利不滯的寶刀，咎女自然求之不得，但正因為如此，更不能被那鋒芒矇了眼，否則便與他們無異——與咎女誓言復仇的對象無異。

所以她須得謹言慎行。無論七花怎麼著，咎女都得覺悟以臨事。

「……呵！」

咎女輕聲笑了。

並非自覺滑稽而自嘲，而是七花抱著她的手搔著了她的側腹。

「做什麼！爾是變態麼！」

「咦？啊，什麼？」

「唔……」

霎時間她大為憤慨，但見七花似乎是無心之過，便收起了怒意。

……三個月。

七花與咎女同行已有三個月時日，咎女早已確信七花於情愛方面是隻呆頭鵝，才會輕易收拾怒意。

其實聰明的奇策士於此時已察覺被攔腰抱著有多麼難為情。用扛的自然不列入考慮，但用背的或許還好上一些……反正她穿戴厚重，身體的觸感斷不會傳到七花背上。只不過這法兒是她自己想出來的，事到如今也不好反悔。

相較之下，七花只覺得怪難抱的，但他的體力及臂力能彌補這一點，倒也不怎麼在乎。

真是個不成樣的公主抱法。

「好吧，假如運氣好變成單打獨鬥——在妳來說，算是最壞的情況便是了——那又如何？敦賀迷彩使什麼招數？就算她不是劍客，還是懂得用劍吧？」

「我也不甚清楚。畢竟迷彩身在出雲，又是默默無聞。不過，便如爾方才所言，千刀除了量多，並無顯著特徵，只是把尋常的寶刀；若是能提掇成單打獨鬥，總是對爾有利。」

「這話不錯。不過不知對手的路數，總教人有些不安啊！」

七花說道：

「迷彩繼承神社前，是幹什麼來著的？或許我能從她以前的營生找出點兒蛛絲馬跡。」

「山賊。」

「唔……」

七花含糊以對。

七花生長於孤島，聽了山賊二字，似乎不大了然。

敦賀迷彩原是山賊，對於治國的幕府而言，是殺之無礙之人。

「舊將軍頒布獵刀令時，千刀的主兒便是某個山賊頭目，之後代代相傳下來。我不知那個頭目會使什麼劍術，只知舊將軍最後沒得到千刀。」

「嗯，那些山賊現在到哪兒去了？」

「據說迷彩繼承神社後便解散了。」

「從山賊轉行當廟婆啊？不知她為何突然轉性，真想問問。哦！這麼一提，咎女，十二把完成形變體刀之中，有一把叫雙刀『鎚』，是吧？從名字判斷，似乎是對刀……在合千為一的千刀之後又蹦出對刀，很難辨啊！」

「關於雙刀的情報寥寥無幾，是以我並不明白『鎚』是怎麼樣的刀……但站在陳表上奏之人的立場，我也只能祈禱雙刀不是單純的對刀了。」

這是玩笑話。姑且不論七花，至少咎女是說著玩的。

「說歸說，去想那麼遠的事也無益；畢竟這個企劃能否持續到那時，尚是未定之數。別的不說，縱使順利奪得千刀『鎩』，也還有堆積如山的問題等著呢！我連要怎麼將一千把刀送回尾張去，都還沒個數兒。」

「嗯，這話妳之前也說過。」

「運送絕刀和斬刀時我亦是絞盡了腦汁，這回可得格外費工夫。該怎麼辦呢——唔……」

咎女若有所思。

無論如何若有所思，畢竟是被攔腰抱著，怎麼也不顯凝重。

其實咎女已打好算盤，等到餘下不滿百階之時，便要找個理由命七花放她下來，自行爬上去。

讓隨從抱著上三途神社，臉上不好看；她以幕府的名義談判，不好教對方小覷了自己。

幸虧她的腳力也已恢復得差不多了。

「七花，爾爬了幾階？」

「啊？哦，大概八百階吧！」

七花回答咎女時的神情豈止從容，根本與平時無異，只有臉色比在山腳下時紅潤了些，像是稍事運動過後一般。

真是個體力無窮的青年。

「是麼？既然如此——」

咎女正欲表示自行登階之意，卻已無此必要。

若論幸或不幸，該算是不幸吧！

七花目測計算，說是已爬了八百階，其實是第八百五十階。在聳立於兩側的鳥居之下，有個拿著竹掃帚清掃落葉之人。

那人身穿黑色巫女裝束，卻與山下所見的巫女們不同，只有下半身的寬口褲是黑色；她的臉上並未貼符，腰間亦未佩刀。

最為與眾不同之處，便是渾身上下的氛圍。

手持掃帚的她與山下的巫女——不，與普天之下的任何人皆有著一線之隔，悠然地釋放著另一種境地的獨特氣息。石階陡急，非得靠近才能看見她，因此咎女兩人竟覺得她似是突然出現。

七花一驚，又差點兒將咎女摔落地；也不知是幸或不幸，咎女得了前次的教訓，想也不想便攀住七花的脖子，這下可真是跳到黃河也洗不清了。

他們碰上了集刀之旅的第三號敵人——敦賀迷彩。

「……二位請了。」

那道從上方傳來的聲音，可是難以言喻的冷淡。

二章

敦賀迷彩

■　■

敦賀迷彩是個高挑的女子。

從相貌看不出她芳齡幾何——她看來似是年少，卻又頗為老成，一頭濃密烏黑的頭髮綁成了兩束。

她身著的黑色巫女裝束款式略有不同，可是因為她是神社掌理人之故？

「敦賀迷彩乃是先前管理神社的神主之名，我只是為了方便起見，借用這個名字而已。先前的名字？早忘啦，大概沒有吧！山賊不需要名字。」

她豪爽地說道。

■　■

後來，無事可做的七花隨意找了個地方坐下；他以石階為椅，坐在甫登上的第一千階石梯之上，位置正好在三途神社的大鳥居正下方。那石造的大鳥居比階梯途中的其他鳥居大上一、兩圈，與煙霧一樣酷愛登高的七花原本打算爬到鳥居上坐（此時的他尚不明白這種行為對神明如何不敬），但千階石梯的鳥瞰風光已令他大為滿足，便打消了念頭。

他漫不經心地回頭望。

身後可望見一座毫不遜於千階石梯與巨大鳥居的雄偉神社，是採權現築法，修整有加，顯得美輪美奐。咎女曾告訴七花，所謂權現築法，指的是以矮房連結正殿與拜殿的建築格式；但此時七花已忘得一乾二淨，只覺得眼前的建築雄偉壯麗。這點兒感性他還有。但思及不久以前，七花對於建築物的知識仍僅侷限於不承島上的手造小屋，受他讚賞似乎也不值得自豪。

奇策士咎女與原為山賊的巫女敦賀迷彩兩人，如今正在正殿之中單獨對談，進行談判。

「……唔。」

當然，七花在場並無益於談判；不，該說七花只會礙事，明明幫不上忙，卻老插口說些廢話，將話題越扯越遠。是以咎女命他「一旁玩耍去」的理由，他倒也能明白——雖然心裡覺得她犯不著這麼說，卻能明白。

只是，當時他腦海裡卻閃過上個月之事。

下酷城城主，宇練銀閣。

擁有絕對領域的拔刀術高手。

他在談判時，竟不顧咎女乃為幕府使者，出手攻擊；幸虧七花及時察覺，咎女才能安然無恙。當時七花若不在場，咎女早已被斬為兩段。

自詡弱過紙門的咎女。

絕不攜刀帶劍的奇策士。

正因為如此，七花更須隨侍在側，即便談判時亦不例外。

四季崎記紀之刀的毒性——手持此刀，便欲斬人。

不，這事咎女應當也明白。七花懂得的事，咎女斷無不懂之理。有了上個月的前車之鑑，卻又命七花離席，可見她自有打算。

當初她亦是孤身上不承島，膽識可說是無庸置疑；七花擔心亦無濟於事。

魯鈍如七花也明白，咎女雖與自己共赴集刀之旅，心境上卻始終如獨行一般。

這樣也好。七花是刀，一把名為鑢——名為虛刀流的日本刀。

商議大事時卸去腰間佩刀，乃是理所當然。七花想起於不承島談判之際，姊姊七實亦取走了咎女破例佩帶的刀。上個月的宇練銀閣，乃是例外。

宇練銀閣與敦賀迷彩確實不同。

宇練便如一把失了鞘的刀，與他所使的劍法正好相反；然而迷彩不同，她並未佩刀。

除非她能如真庭蝙蝠一般，將刀藏於體內；否則這個坐擁千把刀的正主兒，手上竟連一把刀都沒有。

這麼一來，毒性便無從感染。

七花、咎女與迷彩一道從第八百五十階石梯爬上七花目前端坐的第一千階，踏入神社境內——被迷彩見到七花攔腰抱著自己的窘態後，咎女已心灰意冷，沒令七花放自己下來——隨後，七花與咎女立即表明身分，而迷彩便如迎接十幾年的老友一般爽朗相待。

「哈哈哈！」

她快活地笑道：

「幕府使者?原來如此，原來如此。我相信，信了較有意思，是吧？」

在攀登餘下的一百五十級石階期間，咎女已擬定了談判方針。短短的一百五十階或許尚不足以令咎女摸清迷彩的為人，卻已足夠定奪交涉之方。

咎女曾言，最壞的情況，也要撥弄迷彩與七花單打獨鬥；但七花卻覺得迷彩看來並不如何厲害。

她的個頭雖比尋常女子高大，與七花相比，卻是小巫見大巫，也不像是個練家子。

當然，七花識人不多，沒法兒光憑外表推測對手的實力；但她連把刀也不帶，竟是手無寸鐵——

「這座神社現在也只是空殼啦！」

迷彩於拾級途中說道：

「沒半個神官，只剩巫女，就和尼姑庵差不多。」

七花向迷彩提起山下黑巫女的奇妙裝扮。迷彩並未佩刀，臉上也沒貼符咒，只是將原為紅色的寬口褲改成了黑色，倒不怎麼突兀；是以見了她之後，反而更顯得山腳下的巫女古怪。

「不光是山腳下，山上也有。」

不知迷彩是否刻意顧左右而言他，答得有些牛頭不對馬嘴。

「大約有五十個。咱們這兒是武裝神社，也得到山腳下巡綽放哨。唉，咱們神社人太多，不四處散著點兒可容納不下。」

聽咎女所言，七花原以為那千名巫女是迷彩當年的山賊同夥，但似乎不是這麼回事。迷彩說她七年前繼承神社之際便已金盆洗手，與當時的同夥不再往來。

說歸說，七花仍覺得這座神社奇怪得緊。

這便是所謂的作風迥異麼？

「唉……」

七花想的也不是什麼大不了的難題，卻覺得腦袋已滿滿當當，便仰臥下來。倘若鳥居為斷頭臺，他的姿勢便如臨刑的死囚。有幾名巫女映入了他的眼簾。

黑巫女。

她們與山下所見的巫女同樣穿得一身黑。

憑七花的認人能力，決計區分不出這些身著相同服色、佩帶相同寶刀與貼著相同符咒的女子；她們看來一模一樣。不，不只七花，想必旁人亦然。畢竟有符咒遮面，髮型又相去無幾。

「搬上螢幕時可省事了，是吧？」

迷彩這句話，教七花聽了一頭霧水。

「若是真人電影又該如何？」咎女如此回答，更教七花莫名其妙。也罷，或許這事他不必懂，也不該懂。

七花暗忖，這些黑巫女雖然打扮得一模一樣，但在神社內工作的，階級應該高於山下巡綽的。

這麼一提，還有件怪事。

雇主咎女與敵人單獨談判，固然令人擔心（不過談判既已開始，他也無可奈何），但尚有另一事教七花掛懷。

便是千刀「鎩」。

在神社內工作的黑巫女共有五十人，七花雖未逐一檢視，但就目前所見，人人腰間皆佩著刀。其中有幾個將刀佩於右側而非左側，想來應該是左撇子。

咎女曾言，這些刀即是千刀「鎩」。

然而，七花卻無所感應。

這又得提到上個月之事。當時七花一見宇練銀閣腰間佩帶的斬刀「鈍」，便確信那即是四季崎記紀的完成形變體刀，而事實上果然無誤。

當時七花自問：「我怎麼沒頭沒腦地有了這種念頭？或許是我太武斷了，可別放鬆戒心。」

不過，事後對咎女提及此事時，咎女卻說興許是七花身為劍客的直覺對四季崎記紀之刀起了感應。

物品能生靈性——這種說法雖然無稽，七花卻認為不無可能。

他毫無感應。

黑巫女所佩之刀，完全勾不起上個月的那種感覺，無論是山下或神社內的皆然。

橫看豎看，只是尋常的刀。

那只是用以打發時間的話題，咎女肯定不記得七花說過這些話——不，憑咎女的記憶力，應當不會忘；然而縱使未忘，也不放在心上，旁人不提，她便憶不起了。或許那句「有所感應」也是咎女隨口說說而已。

不過，七花倒認為這個想法挺有意思。雖屬無稽之談，他卻希望真是如此。

物品能生靈性。

刀生靈性——同樣的道理，也可套用於鑢七花這把刀之上。

只不過，既然咎女如此斬釘截鐵，黑巫女的佩刀定是變體刀無疑。七花對斬刀的感應，果然只是錯覺與多慮。他不再多想。

「欸！」

正巧有個黑巫女靠近。她並非有事找七花，只是要下階梯，經過七花身邊而已。七花忍不住出聲喊她，想問問她臉上貼著符咒，看得見前面麼？

「…………！」

然而，她卻縮起身子，一溜煙地跑回來時的方向。

七花目瞪口呆。

換作其他男子，見自己出聲叫喚的姑娘家竟立刻拔腿就跑，心下定然不快；但七花並不介意，只覺得她古怪得緊。敦賀迷彩雖是巫女，卻是這個神社的掌理人；若說她是提防上司的「敵人」，不願靠近，倒還不難理解。

但她的態度卻大有蹊蹺，與其說是敵視七花，倒像是滿心驚懼。

但她怕七花的什麼來著？

七花尚未對迷彩自承虛刀流掌門身分，因此黑巫女絕不知他的來歷。佩帶寶刀的她為何害怕一個手無寸鐵、躺臥在地的男人？

真是個古怪的神社。

別的不說，既然只剩巫女，還能叫做神社麼？便是迷彩自己也這麼說過。

七花一面懷念在京都時咎女帶他前往參拜的八幡神社，一面緩緩閉起眼睛。

他決定睡上一覺。

待到醒來之時，談判也該結束了。

■■

咎女被領往一個鋪了木造地板的房間。來這裡的路上，她曾在正殿走廊見到數名黑巫女，但這個房間之中卻是空無一人。咎女原先還暗自提防迷彩埋伏人手，如今見迷彩有意與自己單獨談話，才放下心來。

不過，咎女確信迷彩不會使這種手段，是以雖有戒心，卻不擔心。

「好啦！」

先行進房的迷彩沒鋪坐墊，便直接盤坐於地板上。她向咎女勸座，咎女依言在她正面坐下。

「妳那頭髮挺有意思的啊！小姑娘。」

迷彩劈頭就是這麼一句。

咎女的頭髮從髮根白起，並非染色而來，而是經歷了某個變故之後，變為天生的白髮。咎女童顏鶴髮，引人注目，早習慣了被人說三道四，並不以為意。不過——

「我沒年少到讓妳以小姑娘相稱。」

她斷然說道。

咎女已被迷彩撞見了攔腰摟抱的糗態，不容再被輕視。迷彩嘴上說相信咎女是幕府使者，心裡作何想法卻是不得而知；或許她正在掂量咎女的斤兩。

「在我看來是小姑娘。」

迷彩卻如此說道：

「原來如此，妳沒看上去那般年少；可我也不似外表上年輕啊！」

「……那倒是。」

咎女與七花不同，閱人無數，卻也看不出敦賀迷彩芳齡幾何。比咎女與七花年長自是無庸置疑，但實際年歲卻難以推算，看來也不像是個幹過山賊的人。

不，她那豪爽的性格，倒也和自由豁達、放蕩無賴的山賊頗有相通之處；但她又多了幾分不食人間煙火的味道。

迷彩並非島生島長、不知世事之人；但座落於千階石梯之上的神社，便活脫是個人間煙火不及之地。

只不過，出雲神社肩負了出雲大山一帶的巡防職責，倒也不純然離塵絕俗。

「迷彩姑娘——」

「唉，先別急——啊！來了，來了。」

咎女欲切入正題，迷彩卻委婉地制止了她。咎女心下正詫異時，一名黑巫女拉開門，進入房中，手上提著一壺酒。她默默無語地將酒遞給迷彩，又默默無語地快步退出房間。

迷彩拔開酒栓，以口就壺，咕嚕咕嚕地大喝起來，接著又將酒壺放到咎女跟前。

「喝吧！」

「……」

「我的原則是，不和不肯共飲的人談大事。妳也瞧見了，酒裡沒下毒。」

迷彩說道，咎女默默地捧起酒壺，一口氣喝下壺中液體。

壺中似乎是神酒。

俗話說得好，沒有不好酒的神明。

不過，既然供有神酒，代表三途神社並未荒廢祭祀；縱使沒了神主，該做的事還是不馬虎。

「夠爽快！」

「哼！」

迷彩調侃，咎女則將酒壺咚一聲放回地上，抹嘴說道：

「這樣行了吧？」

她仍是一樣高傲，雖要談判，卻不諂媚逢迎。

「當然，這下咱們便是朋友啦！不過把那位小兄弟擱在外頭行麼？這話和他也有關係吧？他是妳的相好？」

「他是我的刀。」

咎女說道。

「我的原則是不帶著刀與手無寸鐵之人談話。」

「哦，刀啊！」

迷彩笑道。

咎女暗忖：先前已讓迷彩見了那等糗態，如今說得再怎麼義正辭嚴，也無甚說服力。那一幕果然是無可挽救的失策。

「也罷，小姑娘，其實我已經猜到妳的來意。四季崎記紀的變體刀，對吧？」

千刀「鎩」。

四季崎記紀的十二把完成形變體刀之一。

「……何以見得？」

「自古至今，朝廷的官爺們只干涉過這個出雲自治區一次；不消說，便是舊將軍的獵刀令。」

「…………」

「我幹山賊時，曾聽上一輩的人說過，還得意洋洋的呢！蠢極了，和舊將軍打仗的又不是他們。」

迷彩瞇起眼，似乎回憶起自己的山賊時代。

「更何況妳說妳是軍所總監督，那麼十之八九便是為了千刀『鎩』而來。」

她轉向咎女。

「怎麼，獵刀令重現江湖了？就算是，才派兩個人，成得了事麼？」

「雖不中亦不遠矣。既然我們打的算盤都被妳摸清了，反而好說話。」

攀登石階時，咎女曾暗中試探迷彩，看來迷彩亦然。或許不只方才，打從一開始迷彩便試探過咎女等人，否則斷不能如此準確地猜出他們的目的。

「如妳所料，我們的目的是集刀——蒐集連舊將軍都未能集齊的十二把四季崎記紀變體刀。」

「為何緣故？」

「自然是為了國家安寧。」

「哦！」

迷彩虛情假意地附和咎女虛情假意的理由，爾虞我詐的氛圍油然而生。

這和咎女與宇練銀閣或鑢家姊弟談判時的感覺截然不同。此亦當然，敦賀迷彩乃是千人之上的領導者；不過這樣的對手，反而容易談判。

其實，面對這場談判，奇策士並無把握；她不似七花認定的一般胸有成竹，甚至可說是半條計也無。唯一定下的一條計，便是以不變應萬變。

因為持有四季崎之刀的人全都是喪心病狂之徒，無一例外。

她須得嚴陣以待。

「十二把之中，我們已經得了兩把。」

「哦？」

至此，迷彩總算面露意外之色，顯然對咎女所言產生了興趣——正如咎女所料。這個消息是個伏筆，留待迷彩稍後主動探問。

咎女續道：

「我們已分別從美濃的淚磊落及因幡的宇練銀閣手上奪得絕刀『鉋』與斬刀『鈍』。妳既是千刀『鎩』的持有人，應該也聽過這些刀的名字。」

「堅韌無倫、永不折損的絕刀與無堅不摧的斬刀——嗯，我是聽過。唔，了不起。」

迷彩由衷佩服。

「妳已經得了兩把連舊將軍都弄不到手的刀？好樣的！」

美濃的淚磊落，即是絕刀「鉋」於這個時代的頭一個主兒。咎女與真庭蝙蝠合力從淚磊落手上奪得絕刀，乃是事實；但之後蝙蝠背叛，絕刀再度離手之事，咎女卻隱瞞不提。犯不著將這些情報告知談判對象。當然，其後由越後的傷木淺慮手上奪得薄刀「針」，卻又因日本最強的劍客錆白兵背叛而失落寶刀之事，咎女亦不表明。

鎖定二刀，二刀俱得——這個印象相當重要。

咎女又道：

「妳的千刀『鎩』，便是第三把。」

「原來如此。不過，小姑娘，妳和那位小兄弟也不是用正當手段得到這兩把刀的吧？八成和獵刀令時差不多——」

「時代已然不同，行獵刀令般的蠻橫手段，非我所願。確實，我無法否定妳說的話，但至少我冀望和平解決事情。」

「冀望啊？」

「不錯。」

咎女無視迷彩的譏諷，她早已有所覺悟。

「我好歹也是幕府之人，出雲雖是自治區，對於出雲大山、三途神社的現況及隱情，我仍略知一二。敦賀迷彩姑娘，倘若妳肯讓出千刀，幕府願一力承擔所有問題。」

「哼！」

迷彩的態度訴說著：那又如何？

不知她是虛張聲勢，或是發自內心？

昔日的山賊，今日的巫女，兩者皆不是正面談判的對象。不，不只迷彩，自古以來，出雲之人便不信任幕府及將軍家等當權者。

自治區只是好聽的說法，其實是國家放棄了治理。

俗話說得好，敬鬼神而遠之。

朝廷的官爺們只干涉過這個出雲自治區一次，便是獵刀令之時——如今想來，更知舊將軍是何等不知天高地厚。

雖然舊將軍是咎女出生之前的人物，此刻她卻不禁遙想緬懷起來。

「我認為這個條件不壞。」

「是啊！條件是頂好，不過太過簡單啦！」

「太過簡單？」

「天下間沒有白吃的午餐。小姑娘——」

迷彩突然說道：

「妳方才說妳的原則是不帶著刀與手無寸鐵之人談話？」

「…………？」

「妳說過這句話，是吧？」

「沒錯，我是說過。」

「這話對了一半，錯了一半；不過錯的那一半之中呢，又有一半是對的，所以就結果而言，是正確的判斷。」

「妳在說什麼？」

「只是些渾話。」

迷彩將酒壺由咎女跟前拉過來，又像方才一樣張口牛飲。

「有件事我要問問。」

「何事？」

「不消說，便是那個小兄弟之事。妳沒佩刀，我倒是能懂；因為妳顯然不是習武之人，身上也沒半分肌肉。不過那個小兄弟呢？妳說他是刀，但乍看之下他並未佩刀，可是藏起來了？」

「他原本便不用刀。」

咎女略微遲疑過後，還是坦承了七花的來歷。

「他名喚鑢七花，是虛刀流第七代掌門人。」

「虛刀流……第七代掌門？」

迷彩似乎聽過虛刀流的來頭，沉默片刻，又說道：

「虛刀流麼？難怪妳說他是把刀。」

「有點兒鋒利過了頭。」

咎女說道。

這話自是為了利於談判而說，卻也是咎女的真心話。

「妳用這把刀殺了淚磊落與宇練銀閣？」

「沒錯。」

迷彩這一問是為了試探咎女的態度，而咎女也答得斬釘截鐵。其實上述兩人之中，真為七花所殺的只有宇練銀閣，殺了淚磊落的乃是真庭蝙蝠；但既然蝙蝠亦是喪命於七花之手，這話也算不上謊言了。

這麼說方能收威嚇之效。

「不過妳別誤會，兩者皆是在雙方同意之下進行決鬥的。說來我是難以理解——所謂劍客，似乎是種只能以刀劍交談的生物。」

「雙方同意之下進行決鬥？仗著權力作威作福的人，說起這話來不覺得慚愧麼？不過，爭奪四季崎記紀之刀，或許用這種方法才是最適合的。」

「我冀望和平解決事情，此話乃肺腑之言，半分不假，請妳相信。」

「大亂英雄，虛刀流，不使刀劍的劍客——」

迷彩不知有無聽進咎女之言，只是喃喃說道：

「我有興趣，不，可說是熱血沸騰。我倒想知道，那個小兄弟的虛刀流和我的千刀流若是正面衝突，會是誰勝誰敗？」

「唔？」

千刀流？是什麼來頭？

「我方才那番話，還得再補上一句才正確。對了一半，錯了一半；不過錯的那一半之中呢，又有一半是對的，所以就結果而言，是正確的判斷——不過，我似乎搞錯了根本，得利的其實是我。」

「……妳究竟在說什麼？」

「渾話而已。」

敦賀迷彩說道：

「好，我明白了，小姑娘——不，奇策士咎女姑娘。接下來便是我這出雲大山三途神社掌理人的答覆——只要妳答應我幾個小小條件……千刀『鎩』讓給妳也無妨。」

■ ■

「唔……」

接近的足音驚醒了七花。

咎女便在他腦袋的正上方，她的背後則是敦賀迷彩；看來她們已談判完畢。

「如何？」

七花直截了當地問道。

「很遺憾。」咎女怫然回答：

「是最壞的結果。」

三章　真庭喰鮫

■

■

出雲不愧是個擁有治外法權的自治區，出入此地的關卡全都把守得密不透風，若無通關票，要過關可說是難如登天。就連有幕府當後盾的咎女與七花，都得經過縝密的盤查之後，方能通關。

不過，若是七花與咎女晚個幾天到出雲，或許便能輕而易舉地通過關卡。

在他們進入出雲的第七天，正好是抵達三途神社的翌日——

他們入出雲之際經過的關卡遭人破壞，守關的數十名公差盡數慘死。

「既然過不了關，整個拆了便行。」

一名渾身是血、瀏海披垂的男子，一面悠然漫步於血海屍山之中，一面笑道。

「啊！幸之何如，幸之何如，幸之何如。用不著鬼鬼祟祟地行動，當真是幸之何如，幸之何如，幸之何如！」

瞧那截去雙袖且未加蒙面的忍裝、明目張膽的行徑與纏繞全身的鎖鍊，便知他是真庭忍軍之人。

「十二首領中的蝙蝠與白鷺杳無音信；或許他們倆不需要我操心，可說不定是奪四季崎記紀之刀時失手，反過來教人給殺了。白鷺也就罷了，蝙蝠已得了絕刀『鉋』，若是他真失手被殺，絕刀會落到誰手上？教我牽腸掛肚，牽腸掛肚，牽腸掛肚啊！」

那男子腰間插著兩把忍刀。

由周圍慘不忍睹的景況看來，可知他是以這兩把刀破壞關卡；但奇的是，這兩把刀並非同佩於一側，而是左右各插一把，刀柄柄頭與纏繞於雙臂上的鎖鍊相連。

「總之我就先循著得到的線索，去把千刀『鎩』弄上手吧！為了其他弟兄們，也為了我自己。三途神社……是在出雲大山吧？啊！心癢難搔！心癢難搔，心癢難搔，心癢難搔！」

這男子既隸屬於赫赫有名的真庭忍軍，其實用不著走陽關大道，翻山越嶺進入出雲便得了。

但他卻選了破壞關卡這等引人矚目又殘酷至極的入侵方法。

「啊！殺人真是教我心癢難搔啊！」

真庭忍軍十二首領之一真庭喰鮫，正是個人如其名的忍者（註1）。

■■

迷彩為七花與咎女安排了一間靜僻的茶室，作為暫時的起居之所。那茶室約有四張半榻榻米大，中間安了個地爐；雖然稱不上寬廣，供兩個人生活已是綽綽有餘。七花比一般人高大許多，咎女卻比一般人嬌小，加減之下倒也恰到好處。非但如此，迷彩還提供了早晚兩餐；雖說量不甚多，七花等人也該知足，若是再有怨言，只怕會遭天譴。迷彩與他們屬於敵對關係，即便算不上厚加禮遇，能如此殷勤接待，已是難能可貴。

只不過呢，有利亦有弊。

鑢七花躺在榻榻米上，大反常態地思索。

1 喰鮫，食人鯊之意。

咎女不在房裡，只有他孤身一人。

「…………」

最壞的結果。

咎女這句話，代表她說動了敦賀迷彩與鑢七花單打獨鬥。對七花而言，不用以一敵千便是個好消息，是以聞言鬆了口氣，但咎女卻顯得鬱鬱寡歡。一方面自是因為她始終期望和平解決，但最主要的理由，卻是對方——迷彩提出了幾個單打獨鬥的條件。

迷彩與咎女約定，若是自己輸了決鬥，千刀「鎩」便歸咎女所有；但若是自己贏了，亦即七花敗戰之際——咎女得將先前得手的絕刀「鉋」與斬刀「鈍」讓給迷彩。

這條件可說是壓倒性地不公平。

雙方俱是賭命對決，七花贏了，只能得到一把合千為一的千刀，但對手卻能得到兩把刀。七花只覺得迷彩真是厚顏無恥，竟敢提出這種條件。

不過，咎女似乎早料到迷彩有此一著，甚至可說是她計誘迷彩提出這般條件。這麼一提，攀登石階之時，咎女曾對七花意有所指地說道「因為這是第三把刀，我方已握有絕刀與斬刀」。可見得是咎女故意提及此事，暗示迷彩這道賭注有利於她，進而誘她一決勝負。這麼一想，這招倒是高明；比起一賠一的賭注，賠率高的勝負自然較容易吸引對手。只是咎女依舊認為這是最壞的結果。

可是迷彩竟又厚著臉皮添了一個咎女始料未及的條件；只要達成這個條件，迷彩便與七花決鬥。與其說是條件，不如說是要求；而這個要求與千刀「鎩」有關。

「如妳所知，千刀乃是量產千把一模一樣的刀而成，是以『多寡』為重點而打造的變體刀，若是混在一塊兒，根本無從區別。不，其實也無須區別；區別水和水，有什麼意思呢？」

迷彩說道：

「──這是一般人的想法。不過，奇策士咎女姑娘，倘若千把千刀之中，有一把是原型，那又如何？」

她強調原型二字。

「稍微動腦想想便知，既然要造千把同樣的刀，自然得有個範本，亦即雛形。照著這個範本打造其餘九百九十九把刀，合起來便是千刀『鎩』。」

第一把千刀「鎩」。

「又或是先造一把，接著依頭一把造第二把，又依第二把造第三把，第三把造第四把，第一千把則是以第九百九十九把為範本。即便如此，依舊有最先的一把……我從前幹山賊，自前任頭目手中繼承了千刀，當時心裡便好奇能否從這千把刀中，找出最先的一把？」

然而，她辦不到。

畢竟是希世刀匠四季崎記紀打造的十二把力作之一，既是刻意造得一模一樣，自然是楮葉莫辨。若是區別得出，反而有辱變體刀之名。

因此迷彩才搬出這道難題來。

「這就是我的條件。奇策士咎女姑娘，倘若妳能找出第一把千刀『鎩』，我便和虛刀流的小兄弟決鬥。」

迷彩又補上一句：

「妳可以任意向黑巫女打聽消息，若妳需要人手，我也可以借給妳。但相對地，妳不能找那個小兄弟幫忙。」

來龍去脈便是如此。

是以七花現在閒得發慌。他原本就是個徹頭徹尾的懶鬼，躺在榻榻米上無所事事的樣兒真是再相配不過。

從那天算起，大概過了一週吧？七花沒細算日子，但差不多是這個數兒。

咎女答應了敦賀迷彩提出的所有條件，立即著手調查千刀「鎩」。她先檢視神社內五十名巫女的佩刀，接著又爬千階石梯下山。她向迷彩借調了五名山下的巫女，在她們的帶領下檢視剩餘的九百五十把刀。

入夜後，咎女便回到神社來——或該說是七花到山下接她回來。咎女雖然下得了千階石梯，卻爬不上來。自從被迷彩目睹了那個難堪的場面之後，咎女索性豁出去了，半階石梯都不爬。

這固然可歸因於她一貫的傲慢，又或是因為她真的累了。三途神社為一武裝神社，巫女巡綽範圍甚大，欲遍會九百五十人並檢視其佩刀，須得費一番工夫。迷彩並未定下期限，但咎女曾對七花言明一個月內解決，要他好好養精蓄銳，是以七花白天多半閒著沒事幹。

七花不懂為何自己不能幫咎女。當然，這等繁複的差事他決計幫不上忙，但（就七花的感受而言）總比無所事事好。

此外，他也擔心咎女的安危。縱使迷彩如何殷殷款待，此地畢竟是敵陣，在敵人黑巫女的包圍之下調查千刀，無異於自找死路。除了集刀重任，七花亦是咎女的保鏢。

調查開始三天過後，七花才思及這一節（未免太遲）；但咎女卻冷淡地回道：

「無須擔心。迷彩不可能放過奪得兩把完成形變體刀的好機會。」

這話倒也有理。

順道一提，此時咎女穿的並非平時那身絢爛豪華的服色，而是正規巫女裝。一個外地人在出雲東奔西走，引人矚目，總是不妥，因此她才向迷彩借了這套衣服。三途神社似乎也有不烏漆抹黑的巫女裝。很遺憾地，七花對於巫女並無任何遐想，不懂得這副裝扮的可貴之處，但仍能感受與平時裝束之間的落差。

區區一週之間，咎女便已將千刀「鎩」全數觀畢。當然，真正的調查方要開始，但咎女不必往返神社與山下之間，總是件好事。

不過，或許練練身子骨對她較為有益。

話說回來，咎女這回辦事未免太過拖泥帶水，教七花滿腹疑問。千刀乃以量多聞名，確實不似蝙蝠及宇練銀閣之時一般，解決迷彩一人便可得手；若不定下此約，只得以一敵千。但咎女又何必因此綁手綁腳，任憑擺布？

七花緩緩起身，由迎客門走向屋外。

天氣清朗，距下山迎接咎女的時刻尚早，他睡膩了，想去散散步。咎女要他乖乖待在屋裡，但他可再也坐不住了。原來等待也挺費力的。無聊得緊。

七花本人不明白，其實他這種近似焦慮的心境是其來有自。自咎女訪不承島以來，七花與她幾乎片刻不離；這是因為七花不知世事，咎女自覺有責任善加保護監督之故。是以一旦獨處，七花精神上反而備感壓力。或許這亦可解釋為咎女信賴七花，認為已可放任他單獨行動。

說穿了，七花只是寂寞；他覺得孤伶伶的。

正當他漫無目的地走近正殿時，有個未佩刀的黑巫女迎面而來，原來是敦賀迷彩。她的手上提了只大酒壺。

「呦！」

迷彩對他招呼，態度依然豪爽。

「我正想上你那兒去呢！虛刀流的小兄弟，不如咱們來聊聊吧？」

「……無所謂。」

七花沒想過主動登門拜訪，但眼下有了機會，可得好好問迷彩幾個問題。

在迷彩的帶領之下，七花與她並肩坐在正殿走道邊。

「我瞧你似乎閒得發慌啊！」

迷彩說道。

「早想著該陪你解悶了，但我畢竟是神社掌理人，公忙得很，對不住。」

「無所謂。」

七花說了一樣的話。他懂的語句不多，和人談話時總那麼幾句翻來覆去。

七花接著又說道：

「不過，趁著這個機會，我想問妳幾個問題，行嗎？」

「行！」

迷彩爽快地回答。

她真是個教人捉摸不定的人。七花原就識人不多，這樣的人他更是從未見過。

七花該打探的問題有好幾個。

仔細一想，若是咎女成功了，他便得和迷彩交手；那麼他理該打聽打聽千刀流的路數。

咎女曾言，敦賀迷彩的流派名曰千刀流。

並非劍客，看來也不怎麼厲害的她，使的是何種武功？

迷彩手無寸鐵，自然無法請她當場演示幾招；即便她佩著刀，也不見得肯自揭底牌。饒是如此，七花最該打聽的一件事，仍是千刀流的路數。

但七花壓根兒沒想到這一節，他想問的問題只有一個。

「妳為何不准我幫咎女找第一把千刀『鎩』？」

「怎麼？你想幫忙？」

「倒也不是，只是妳提出這種古怪條件，害我無聊得要死。」

「原來如此。」

迷彩格格笑道：

「看來小姑娘沒告訴你三途神社的來歷。虛刀流的小兄弟，聽你方才的語氣，似乎以為害你落得百般無聊的是我；其實就算我不提出這個條件，小姑娘也不會讓你同行的。」

「啊？」

「因為你有礙調查。不過呢，為防萬一，我還是加上了這一條。其實以她的聰明慧黠，應當不會有這種萬一才是。」

「……三途神社是什麼來頭？」

咎女避而不談，莫非是機密？

「唔？倒不是機密，知道的人也不少；不過小姑娘卻以『隱情』稱之。或許她是在斟酌時機告訴你吧！唉，要說是隱情，也算是隱情。倘若這兒不是出雲自治區，這種神社早被拆了。」

「什麼意思啊？我聽得一頭霧水。」

「你還記得我先前說這座神社像是尼姑庵麼？」

迷彩的語調絲毫未變。

「其實這個比喻不盡正確。說得更精準一點兒呢，這座神社和逃妻寺差不多。」

「逃妻寺？」

「又叫離緣寺（註2）。」

迷彩將視線移開七花，瞥了瞥周圍；她原本打算隨手指個黑巫女讓七花瞧瞧，可惜沒半個黑巫女在左近。

不，這不是可不可惜的問題；愚鈍如七花亦知那些黑巫女全躲著自己。她們面對咎女時倒也平常，一見七花卻退避三舍，作鳥獸散。

「佛教和神道的觀念完全不同，不過這和教義沒關係，是三途神社的傳統，又或可說是歷代神主特立獨行的作風。」

「我還是不懂，黑巫女到底是什麼來歷？為何妳自己不佩刀，卻把千刀給了她們？」

2　江戶時代的一種寺院，受丈夫虐待的妻子只要逃進這種寺院並住上三年，便可與丈夫離婚。

「因為她們需要千刀……這便是必要之惡啊！也許我早等著你們這樣的人來到此地。」

迷彩後頭這句話，更讓七花摸不著腦袋。

停頓片刻，迷彩方又說道：

「所有黑巫女皆是受害者。說來可憐，她們長期受男人虐待，有些人因而失心瘋。她們大多是有錢人家的奴婢，或是被父母賣掉的女孩，其中甚至還有大名的女兒。」

「失心瘋？」

「對你這種溫吞的小哥兒而言，應該是八竿子打不著的世界吧！」

迷彩譏嘲了他一句，又說道：

「她們身心受虐，被整得不成人形；但即使已不成人形，還是得繼續挨鞭受棍。施虐的人也心虛，只敢關起門來動手腳，所以在人還沒瘋之前，事情不會曝光。至於瘋了以後又如何？簡單得很，丟了便罷。」

「…………」

「這座神社的千名巫女，就是我從遺棄地點撿來的。這下你明白她們怕你的理由了吧？對黑巫女而言，男人是避之唯恐不及，所以我不能讓你這個大男人跟著小姑娘去找黑巫女觀視千刀。」

「避之唯恐不及，男人與女人……」

七花老實回答：

「我不大明白。」

「是麼？劍客不明白這種事，倒也不奇怪。畢竟是八竿子打不著的世界啊！」

迷彩以「劍客」二字相稱，七花聽得真真切切。果然如咎女先前所言，敦賀迷彩知道虛刀流的來頭。

「不過聽了妳這番話，我總算明白啦！咎女要我乖乖待在房裡，原來是不願嚇著了那些黑巫女。」

「這便是她身為女兒家的細心之處。」

「唔……」

「另一個問題你也該明白了吧？我讓她們佩帶千刀『鎩』，便是以四季崎之刀的毒性為藥來治療她們。」

「以毒為藥？」

「藥過了量便成毒，同樣地，毒也能變為藥。這樣的兵器，不但可供武裝神社的巫女防身，更可幫助她們恢復神智——倘若變體刀真有這等玄妙莫測的功效。」

「…………」

手持此刀，便欲斬人——含此劇毒的刀，若是運用得當，也能助人恢復神智？的確，四季崎之刀的攻擊性，反而能安撫這群如驚弓之鳥的女子。

七花略感驚訝，他從未想像過四季崎記紀之刀能有這種用法。古往今來，如此使用四季崎記紀之刀的，只怕唯有敦賀迷彩一人；但這用法倒也不那麼荒誕無稽。

失心刀匠所造的失心之刀，或許真能喚醒失心之人。

以殺人的「鐵」救人——

「就算變體刀不是靈丹妙藥，心理學上也有所謂的假藥效果。傳說便是這麼用的，管他是現實或幻想，都不打緊。」

「……我還以為是妳這個正主兒不想感染刀毒，才把刀分給眾人呢！」

「你把我想得挺壞的嘛！總之，千刀便像是平安符；就我七年來的觀察，還算有點兒效果。無論這刀有沒有毒性，至少女人家有刀在手，便能自衛防身，和男人分庭抗禮。」

「唔……」

這和咎女的想法正好相反。咎女堅持不習武，就連使用鑢七花這把刀都非她所願。

「這座神社便等於療養所？」

「是啊！可以這麼說。」

「貼在臉上的符咒呢？也是為了恢復她們的心智？」

「不不不，那只是用來遮臉的。正如我方才所言，這些女子盡是見不得光的人，必須蒙住臉孔，消除一切特徵。這兒是神社，最適合裝神弄鬼，是吧？」

「原來如此。」

「那些符咒只是蒙面巾，真正少不了的是刀。」

四季崎記紀的完成形變體刀──千刀「鎩」。

「我原以為神社裡的黑巫女身分地位比山下的高，看來似乎不是這麼回事。」

「對，正好相反。神社裡的五十個人病得最為嚴重，她們因為心傷，甚至無法入眠。」

「…………」

「但她們佩帶千刀，勉強保住了自我——對她們而言，千刀便是心靈支柱。」

迷彩頓了一頓，方又說道：

「所以我不能失去千刀。」

至此，敦賀迷彩終於一改她的豪爽神態。

「為了拯救更多的女人，我得打贏你，搶過另兩把變體刀——絕刀『鉋』及斬刀『鈍』；這麼一來，我便能多救兩個人。這場仗，我是只准勝、不准敗。」

「嗯，說得好！」

然而，七花的態度毫無改變。

方才他們倆認為咎女之所以遲遲未對七花說明三途神社的來歷，是因為她身為女兒家，心思細，才會百般斟酌；但實情並非如此，至少不光是如此。咎女忌憚之事有二。其一，是將此事告知七花後，會令七花同情黑巫女及三途神社，動手時心生迷惘；其二，若是將此事告知七花，七花卻完全無動於衷——

「我會全力以赴，妳也儘管為了那些姑娘使出渾身解數。哈哈哈！看來這場勝負可精彩啦！」

「……哀兵之計失敗了。」

迷彩嘴上這麼說，臉上的表情卻顯得頗為欣喜；她拾起酒壺，大口大口地喝，接著又把酒壺遞給七花。

「喝吧！來談談要緊事。」

「哦！」

七花依言飲酒，才喝了一口便噴出來。

「咳！哈……哈……這水怎麼這麼苦啊！」

「……這可是好酒啊！」

迷彩啼笑皆非地從七花手中拿回酒壺。

「你竟然說它是苦水。怎麼，小兄弟，你不會喝酒？」

「哦，原來那是酒啊……我從前沒喝過酒。」

「你怎麼不早說？說了我便不勉強你喝酒了。強灌人酒，是好酒之人的恥辱……話說回來，我瞧你挺溫吞的，沒想到說起話來這麼無情。我這哀兵之計固然不可取，但你也太冷漠了。」

「因為我是把刀啊！」

七花一面咳嗽，一面說道。

「除了咎女以外，不為任何人所動。」

「即使奪了千刀會讓其他女子再度崩潰，你也不管？」

「這不是管不管的問題，無可奈何嘛！既然咎女想得千刀，我也只能這麼辦了。只好請妳死心啦！」

「你……」

迷彩單刀直入地詢問七花：

「毫不猶豫麼？」

「…………？」

「既然決定了，便不再猶豫，是麼？……不過，或許這只是你懶得猶豫，不敢抉擇而已；說不定你只是嫌麻煩。」

「我不否認我是個怕麻煩的人。」

「你殺過多少人？」

這問題來得突兀，但七花絲毫不覺有異，立即回答：

「兩個。」

「兩個？以你這樣的人而言，未免太少了。」

「因為我是無人島上長大的野猴子，頭一次實戰還是在兩個月前。」

「得了兩把變體刀，也殺了兩個人？換句話說，你殺的兩人便是持刀之人。」

「嗯，不錯。」

在咎女移花接木之下，他們倆所指的「持刀之人」其實並不相同；不過這一點無關緊要，於談話並無妨礙。

「連我也殺麼？」

「應該會吧！……聽說妳原本是山賊？咎女說過，若不是妳待在出雲，早被繩之以法了。」

「……關於這一點，其他千名巫女也一樣。她們大多是被通緝的罪人。」

「咦？是嗎？」

「光是逃亡就有罪啊！所以她們才得蒙面。」

「見不得光啊……唔，那妳呢？妳殺過多少人？」

「不計其數。」

迷彩說道：

「但至少有四十三人。」

「四十三？這數目是怎麼來的？」

「是同夥的人數。」

她立刻回答：

「七年前我金盆洗手時所殺的同夥人數。唯獨這些人，我是忘也忘不掉。」

「…………」

她曾說她與當年的同夥已不再來往，原來是這個意思。

「不過反過來說，我記得的也只有這四十三人；旁人聽了，鐵定要罵我冷酷無情。即使殘忍如我，殺人時也得有所覺悟，有所取捨；但你似乎不是這麼回事。」

「應該不是吧！」

「既然如此，你——」

迷彩問道：

「究竟為何而戰？」

「我不是說過了？為了咎女。」

七花毫不猶豫地回答迷彩的質問。這回答雖在迷彩的意料之內，她卻仍略感意外。

「因為我愛她。除此之外，還能為了什麼？」

「……擾敵之計也失敗了。」

迷彩嘆了口氣。

這口氣讓七花想起了留在不承島上的姊姊，那個比任何人都適合嘆氣，體弱多病的姊姊。不知姊姊近來可好？可有好好吃飯？

想著想著，他又想起一件事。

「錯了。」

「唔？」

「不是兩個，是三個，我一時忘了。我還殺過另一個人。」

「是麼？一樣是在集刀之時？」

「不，是在之前，大約一年前左右，我還在島上的時候。」

七花說道：

「我殺了我爹。」

■　■

說真格的，故事篇幅有限（具體而言，是三百張稿紙），總不能回回重述前情；封面上既然標明了卷數，諸位看官應不會從第三卷讀起，縱然半途讀起，見了不甚明白之處，也能猜出是先前的卷數已描述過，不會放在心上。而一再重提劇情，反倒可能惹得從頭讀起的看官生厭。這麼一想，這個問題還真得想個方法解決；只不過目前並無實際方案，也只能重提舊事了。

奇策士咎女乃是奧州地頭蛇飛驒鷹比等之女。

飛驒鷹比等乃是人盡皆知的亂臣賊子。家鳴將軍家統治的尾張時代裡只發生過一場戰爭，起事者便是飛驒鷹比等。他的叛亂在幕府的強行鎮壓之下功虧一簣，飛驒一族除了咎女以外，全數喪生於戰火之中。

取下鷹比等首級的，即是虛刀流前任掌門，大亂英雄鑢六枝。

咎女雖撿回了一條命，卻因目睹父親被殺而一夜白頭。那一幕造就了現在的她，也是她與虛刀流的初次照面。

此後，她的人生便墮入了修羅道。她為了野心與復仇而活，費盡心機進入恨之入骨的幕府之中，憑著一己智略，以女流之身爬上高位。

軍所之首，對她而言只是塊踏腳石。這個地位還不足以觸及將軍的項頸，因此她才著手集刀。

說什麼為了天下國家，全是虛言。

七花知道此事。他與頭一號對手真庭蝙蝠交手之際，便已耳聞咎女的野心與復仇心。

這讓七花下定決心。與將軍家有著不共戴天之仇的咎女，對於虛刀流自然亦是心懷怨懟，卻為了達成目的，忍辱負重，前來不承島求助於虛刀流，令七花大為震撼。

七花確實有心贖罪。

當時他才明白，原來素來視為英雄的父親，手下竟也有咎女這般受害者；他的確有意代替敬若神明的父親彌補咎女的人生。

然而，最大的理由卻是——

鑢七花這把刀選上了咎女，看中了她的骨氣。

「嗯，也好。」

聽聞七花決心協助咎女集刀，身為一家之主的姊姊七實懶洋洋地答道。她的態度似是無可無不可，眼神卻相當嚴肅。

「不過，七花，你知道咎女姑娘身家背景之事，最好別說出去。」

七花亦有同感。

即便不贊同，他向來對姊姊言聽計從，斷無違背之理。因此咎女至今仍不知七花相助的真正理由為何。

「還有，你殺了咎女姑娘的殺父仇人鑢六枝——殺了爹之事，也別對她說。」

七實又如此叮嚀，是以咎女亦不知此事。

「……唔？」

「哦？」

七實該要求這個耿直的弟弟別對任何人說出去，但她卻犯了這個平時絕不會有的疏忽，害得七花竟將這等堪成故事關鍵的重大祕密告訴敵人敦賀迷彩。

所幸，他揭開的祕密只有這椿。

當然，聽了這等大事，迷彩豈會充耳不聞？但在迷彩有所反應之前，他們倆同時察覺了異樣，並同時起身，朝那方向望去。

七花生長於山野，眼力極佳；而迷彩與他望向同一處，可見得她也看見了。

居然有個男子神氣活現地站在那個七花沒爬上的大鳥居之上。

他身穿無袖忍裝，臉未蒙面，全身纏繞鎖鍊，瀏海披垂，左右腰間各插了把忍刀。

如今去追問那男子幾時到場，並無意義；問題是他人確實在那兒。

「唉呀，已經發現啦？挺快的嘛！」

鳥居上的男子對於七花與迷彩的注視無動於衷。

他們之間相距甚遠，男子並未扯開嗓門說話，但那如歌唱般的聲音卻一清二楚地傳入七花耳中，猶如在他耳邊輕喃一般。

「你們的話題挺有意思，我本來還想聽下去呢！也罷，託兩位的福，大致上的情形我都明白啦！看來我該對兩位說聲大恩大德，感激不盡！」

「………………」

「………………」

七花與迷彩無言以對。

雖說他們方才談得專注，又想不到鳥居之上竟會有人，但畢竟是面向那男子而坐，居然沒看見這麼個張揚作勢的人。

「居高見禮，尚請恕罪——啊！能光明正大地自報名號，幸之何如，幸之何如，幸之何如！」

男子高聲說道。

「我便是真庭忍軍十二首領之一真庭喰鮫，往後還請多多關照。」

「啊！」

聽了這名號，七花才後知後覺（當真是後知後覺）地發現那身特殊的忍裝與不承島上交手的真庭蝙蝠及因幡沙漠見過的真庭白鷺相同；雖然纏繞於手臂上的鎖鍊比先前的兩人長了點兒，但那肯定是──

「真忍！」

……自從上個月取了這個可愛的外號以來，七花一直如此稱呼真庭忍軍，但這回是頭一次在真庭忍軍之人面前提起。

聞言，真庭喰鮫的反應是──

「真、真忍……？」

鳥居之上的他打了個晃兒，又及時站穩。

「天呀！真是太妙了！你實在是個大好人，竟然替我們這些專事暗殺的忍者取了這麼精妙絕倫的小名！假如不是在這種情況下碰面，你我鐵定能成為摯友！」

……欣喜若狂。

這個世界裡盡是些白痴。

「你認識？」

迷彩完全無視他們之間的對話，向七花問道。七花回答：

「不，我不認識他這個人。就像妳聽見的一樣，有幫專事暗殺的忍者，名叫真忍，也在打四季崎記紀之刀的主意，那傢伙便是其中之一。」

「唔——」

迷彩會意，點了點頭。她似乎不識真庭忍軍之名，卻也知真庭喰鮫並非泛泛之輩，神情顯得嚴肅許多。

「虛刀流的鑢七花少俠，你擁有絕刀『鉋』與斬刀『鈍』；而三途神社的掌理人敦賀迷彩姑娘，妳則擁有千刀『鎩』。」

食鮫的口吻彬彬有禮。

「這麼看來，蝙蝠已經——唉，遺憾至極。連去奪『鈍』的白鷺也——遺憾至極。」

「…………」

「不過，只要我殺了你們倆，那三把刀便全歸我所有。」

食鮫笑道。

……他既然聽了七花與迷彩談話，便該知道事情沒這麼簡單；這道理連七花都懂。絕刀與斬刀不在此地，千刀數量龐大，並非殺害迷彩一人便可得手。

然而食鮫卻口出此言。

似乎一心想和兩人交手——不，一心想殺了兩人。

「啊！爭鬥殺伐，不亦樂乎，不亦樂乎，不亦樂乎！」

食鮫一聲不響地拔出左右忍刀，但他並非手握刀柄拔刀，看在七花眼裡，反倒像是刀子於一瞬間自行拔出一般。七花定睛一看，原來食鮫手臂上的鎖鍊與刀柄相接，他一高舉雙臂，雙刀便被臂上鎖鍊扯出刀鞘之外。只見食鮫便如使流星錘一般，兩把忍刀於身體兩側疾轉，颯颯有聲。

咎女曾告訴七花，那鎖鍊是變形鎖子甲，主要用來防禦。也難怪咎女這麼說。饒是奇策士，亦無法盡知真庭忍軍及真庭里的底細；更何況她既未見過真庭喰鮫，也未曾聽過這號人物，自然不知有個忍者將全身的鎖鍊用於這般凶猛殘烈的攻擊之上。

「這便是忍法渦刀，也是我被稱為『鎖縛食鮫』的由來。」

「……………」

你怎麼不在上個月出現？

這句話險些脫口而出（註3），但眼下不是說渾話的時候。

七花瞥了身旁的迷彩一眼。無論她的武功是何種路數，橫豎是無法在手無寸鐵的狀態之下出招；既然如此，只能由自己應戰了。

顧及今後的決鬥，七花絕不能讓迷彩就此喪命；但要說他有十足把握勝過食鮫，便是違心之論了。真庭喰鮫用的兵器是刀，但那種亂無章法的使法卻在虛刀流的設想之外，不能以對付劍客的手段接戰。

只是事到如今，七花也只能硬著頭皮上了。幸虧黑巫女們躲著他，不在左近，不必擔心殃及無辜。再者，那兩把忍刀並非四季崎記紀所造的變體刀，折斷了也無妨。

「留神了！啊！真是不亦樂乎啊！」

食鮫由鳥居上一躍而下。一般人從高處躍下時，膝蓋多少會彎曲，以打消著地的衝擊；可是食鮫並未這麼做，他的膝蓋依舊打得筆直，一面左右甩動忍

3　日文中的鎖縛與沙漠同音。

刀，一面循著重力加速度直線落下。

「唔！」

七花沒等食鮫落地，便疾奔而出；他不能在迷彩身邊與食鮫交手。然而，卻有一道人影如狂風掃過七花身側——原來是壓低身體飛奔的敦賀迷彩。

「咦？」

好快！

轉眼間便追過七花。

「我收到報告，幾天前，出入出雲的關卡被破壞；根據現場的慘狀判斷，應當是那對渦刀所為。抱歉，小兄弟，搶了你的鋒頭；但我好歹也是武裝神社的掌理人，負有守護出雲之責，不能放過那個忍者。」

穿過七花身邊之時，她連珠砲似地說道：

「再說，我瞭解虛刀流的本領，你卻不知千刀流的路數，決鬥時未免有欠公平——」

咚！

迷彩腳下用力一蹬，加快速度，一口氣甩開七花。這對七花而言，是前所未有且震撼心神的經驗。與真庭蝙蝠及宇練銀閣交手，或在咎女安排之下於京都劍法道場修行之際，他從未在手腳功夫上落於人後。

然而迷彩卻輕易追過了他。

七花的腳在他思考之前便停了下來，

他顯然已追不上迷彩了。

但迷彩有何打算？

她可是手無寸鐵啊！

「呵！」

見迷彩趕往自己的落地之處，食鮫非但不為所動，反而笑得更為開懷。

「這麼一提，敦賀迷彩姑娘，妳方才問過『為何而戰』；若是由我回答嘛，自然是為了錢財。我最引以為傲之事，便是只為錢財而戰。不過——」

左右忍刀的旋轉速度變得更快了，那已非區區的漩渦，而是肆虐的龍捲風。在這種速度之下，非但忍刀，連鎖鍊都化為不折不扣的凶器。

真庭忍法渦刀——

「若妳得先問上這麼一句才能動手，不如別打了。為何而戰？為何而戰？

虧妳還有閒情逸致談這種問題！啊！愚昧至極！」

食鮫一聲不響地著地，迷彩於同時錯身而過。

「…………！」

迷彩是赤手空拳。

身為虛刀流門人、不使刀劍的劍客，七花敢斷定——別說是千刀「鎩」，敦賀迷彩身上連半件兵刃也無。

然而，於瞬間交錯之後，血濺七步的卻是真庭喰鮫。有道深深的十字痕避過了鎖鍊，刻劃於他的胸口，血如湧泉般自傷口噴出；迷彩則是順著突擊之勢，奔到了十餘尺外。

食鮫隨後倒地。

瞧他那悽慘的倒法，便知他再也起不來了。

「……雖是屍體，畢竟還是男人，不能教巫女們收拾。虛刀流小兄弟，能幫我清理這具屍體麼？」

「…………」

迷彩若無其事地對啞口無言的七花說道，態度豪爽得像是剛幹完莊稼活兒。七花不知該作何反應。

「還有，關於你爹的事——」

迷彩重提舊話：

「——我是祀奉神明之人，就不再多問了。雖然好奇，但那畢竟不是我該追究之事。以後你也別輕易對別人提起這件事。」

■　■

入夜後，七花爬了千階石梯，到山下迎接咎女，並告訴她真庭喰鮫襲擊之事。或許咎女早料到此事，才會換下平時的錦衣華服，改穿出雲到處可見的巫女裝束，以策安全。

既然連真庭忍軍都找上門來了，即便與迷彩有約在先，也不能讓咎女繼續隻身行動。七花對咎女言明自明日起要隨侍於她身旁，但咎女卻冷淡地回道：

「多此一慮。」七花本以為她牛脾氣又犯了，原來不然。

咎女向七花揚了揚手上的刀，說道：

「因為我已經找出第一把千刀了。」

唯一可以確定的是，倘若下一個出場的真庭忍軍首領又是被兩三下解決，那麼他們在這個集刀故事之中，註定只能扮演砲灰角色。

四章

千刀流

■

■

這個故事橫看豎看，顯然不是推理小說；因此咱們就別賣關子，趁早替諸位看官揭曉謎底。話說這千刀「鎩」這可是天才刀匠四季崎記紀精心打造而成的十二把完成形變體刀之一，造得是如出一轍，楮葉莫辨。他是如何達成這不可能的創舉，目前仍不得而知；總之這千把刀生得是一模一樣，要找出第一把，自然是難如登天。

但若是四季崎記紀本身曾留下印記，那又另當別論。

想當然耳，刀身不可有異；若有異處，便算不上是終極量產品與終極消耗品。

但刀鞘呢？

身為刀匠，同時亦是磨刀師、護手師、握柄師、雕刻師與刀鞘師的四季崎記紀，是個能一手打製日本刀的傳奇男子；若他要留下記號，應當會選在刀鞘。握柄及護手皆是揮刀時觸及的部位，若在彼處留印，揮動時手感便有差別，即成了「不同的刀」。但若是在保護刀刃的刀鞘上留下些許差異，倒還無妨。

以上便是奇策士的假設。

這個假設毫無根據，全憑猜測。若是如她所想，便能找出第一把刀；反過來說，若她的推測有誤，第一把刀決計無從找起。這方法既非歸納，亦非演繹，卻是條極有咎女本色的奇策。大膽假設，小心求證，正是她的一貫作風。雖然有時會如真庭蝙蝠或錆白兵時一般，棋失一著；然而一旦成功，便受益無窮。咎女自訂一個月期限，卻只花了一週便找出答案，全賴她定的這條計。她完全不管刀身，只顧著觀視刀鞘。

然而，千刀「鎩」畢竟是千刀「鎩」。

乍看之下，刀鞘並無相異之處，從頭至尾俱是一個模樣；鞘上沒有雕刻或花紋，一色的橙黃。

但同一把刀不見得有相同遭遇。刀有千把，品況便有千種，刻劃於刀鞘上的年代——傷痕的數目及所在之處也各有不同。

這些不同，即是相異之處。

咎女取出她的放大鏡，不厭其煩地逐一檢查刀鞘上的傷痕，加以記錄。進行篩選時須得格外小心，新近及輕微的傷痕都算誤差，該留意的是一百幾十年前造成的老舊傷痕，因為這些傷痕極可能是四季崎記紀本人故意留在刀鞘上的。

接下來只須將傷痕的數目及位置所示的暗號解開，不光是第一把，千把千刀的打造順序都跟著水落石出。遺憾的是，七花聽懂的也只有這些；暗號這個字眼本身，對七花而言便如暗號一般難解。

如此這般，咎女遞給了迷彩一把刀。

這回她不敢打包票，只說她是依傷痕推斷，應當便是這一把。以咎女的性子而言，這種說法可說是相當慎重了。

迷彩不知聽懂了多少，接下了刀，說道：

「刀鞘倒是個盲點啊！謝了，我很高興。」

這下總算按照約定——不，是超出約定，將千把刀的鑄造順序全給查清了；身為刀主兒，自然是怎麼謝也謝不盡。

不過——

「不過，仔細一想，我真是搞不懂，迷彩為何要妳找第一把刀？倘若千把刀中真有一把是範本，做人嘛，難免會好奇是哪一把。可是知道了又怎麼著？又不能拿來祭神。」

七花大剌剌地發表感想。

見了咎女交給迷彩的刀，七花依舊未生見到斬刀時的那般感覺，也看不出那刀與其他黑巫女所佩之刀有何不同。話說回來，範本畢竟仍是千刀中的一把，自然看不出差別。

七花倒覺得真庭喰鮫的鎖刀還要來得有特色。

要是這樣一把平淡無奇的刀也行，只要編個像樣的理由，隨便拿一把交差不就得了？

「這倒也是。」

七花這個疑問等於是否定了咎女一週來的努力，但她並不以為意，點了點頭。

「我原以為迷彩是故意提出這道難題，好讓決鬥無法成立……」

然而與迷彩談過之後，似乎又不是這麼回事。若她對七花所言不虛，她應該巴望著得到絕刀及斬刀才是。

迷彩欲奪完成形變體刀，並非出於收藏欲或刀毒的影響，而是實際上的需求。

「倘若她有意刁難，多的是方法。咱們可以編造理由胡扯，她也可以雞蛋裡挑骨頭啊！像這種滿是破綻的理論，說服力雖有，證據卻是全無，要挑可以挑出一整簍的毛病。」

「嗯，照這麼說來，是我多慮了。」

「或許她有她的道理。別提這事了，七花，這回我能做的只有這些，接下來全得由爾自己看著辦。調查千刀時，我曾不著痕跡地打探千刀流的路數，但很遺憾，連條蛛絲馬跡都沒找到；這事原也沒法兒邊找第一把刀邊做。所以爾只能在毫無情報的狀況下挑戰這來路不明的流派。」

「嗯……其實這倒不成問題。」

七花回答：

「我見迷彩手刃真忍忍者，已經猜出了千刀流的路數。」

「哦？是麼？」

「嗯，只要我沒猜錯……這下我可明白迷彩為何對虛刀流感興趣了。身為虛刀流掌門，我對千刀流也有興趣。不過平心而論，虛刀流與千刀流相較，還是虛刀流略勝一籌。」

如此如此，這般這般。

虛刀流的鑢七花對上千刀流的敦賀迷彩。

這場好不容易成立的決鬥，即將於翌日正午展開。

■　■

隔天正午，七花與迷彩隔著石板路對峙於神社正殿之前。七花照例脫去了護腕及草鞋迎戰，而迷彩依舊身著黑色巫女裝，但腰間卻與昨日不同，佩上了刀。那是千刀「鎩」的其中一把，想來便是昨天咎女交給迷彩的「第一把刀」。七花仍看不出那把刀有何特別之處。

其餘黑巫女全被遣出了神社，待七花醒來之時已不見人影。她們在場只會妨礙決鬥，是以三途神社之內，唯有七花、迷彩以及決鬥見證人咎女三人而已。

「我說過，神社裡的五十人病得最為嚴重，所以我沒法兒同你打太久。咱們速戰速決吧！」

迷彩依舊豪邁，而七花也依舊溫吞，雙方皆非決一死戰的神態；然而，接下來展開的，卻是賭上性命與刀、如假包換的生死鬥。

「決戰場地便以三途神社境內為限，樹林亦包含在內。出雲大山幽深靜僻，若是迷了路途便再也走不出，不宜作為決戰場地。這不是道場裡的比試，看是正殿也好，拜殿、屋頂及鳥居也罷，你可任意運用各種地勢作戰。」

「嗯，我是客，妳是主，客隨主便，規矩全依妳；不過見證人只有咎女一個，行嗎？妳也派個黑巫女出來，比較公平吧？」

「她們沒法子公平裁判的。放心，我會贏得毫無誤判餘地。」

迷彩自信滿滿地說道：

「這場仗勝敗無怨，生死不問，但可以認輸。覺得勝利無望時便說吧！」

「好！」

七花點頭，雙眼注視著迷彩腰間的「第一把刀」。迷彩緩緩拔出刀來，只見那刀長兩尺四寸，弓幅極大，刀刃稜角分明，上有小亂紋，刀背狀如梯形，在陽光照耀之下閃閃發光。

雖說是量產品，畢竟出自四季崎記紀之手，仍是把巧奪天工的日本刀。

「我便來領教領教你的虛刀流。」

「好！我也要見識見識妳引以自豪的千刀流。」

「自豪？」

聞言，迷彩微微瞇起眼來。

「我從不以千刀流自豪。不過就是劍法嘛！」

「…………」

從不以千刀流自豪？

這句話讓七花略感錯愕，但他又立即收束心神。

千刀流。

真庭喰鮫與敦賀迷彩之戰正可謂電光石火，僅於交錯瞬間便分出了勝負，但七花卻看得真真切切；是以正如昨晚對咎女所言一般，他已猜出了千刀流的路數，根本用不著再度見識。

當時迷彩快步奔向食鮫著地處，雙手探入渦刀迴旋中心，抓住刀柄，乘著迴旋之勢，將渦刀化為己用。換句話說，她便是以食鮫的雙刀在食鮫的胸口上留下十字傷痕。

迷彩事後曾言，她這招名曰雙刀・十字斬。

交錯僅一瞬間，卻足以分出勝負。

千刀流其實即是耳熟能詳的奪刀術；以敵人之刀還治敵人之身，便是這種招數的基本之道。

奪刀術乃是空手入白刃的技法之一，因此敦賀迷彩平時並不佩刀。一來她原就不將千刀「鎩」當成兵器使用，二來她手無寸鐵亦能抗敵，自然不佩刀了。

千刀流起名的由來，亦是一目了然。無論對手腰間所佩何刀，皆能奪為己用，運用自如；是以手無寸鐵，亦如身佩千刀一般。用的既是敵手的刀，便無須持刀；就這層意義上，與虛刀流倒有共通之處。不過——

「好了，出招吧！」

說著，七花擺出了起手式。

第一式——「鈴蘭」。

「是啊！光說不練也不是辦法。」

迷彩將手中之刀平豎於前，擺了個再尋常不過的起手式。

迷彩持刀，並未推翻七花的推測，反而更加證實。面對虛刀流，她不得不持刀。

虛刀流與千刀流雖有相通之處，卻有個決定性的差異；這兩者走的皆是空手入白刃的路子，但虛刀流完全不使刀劍，千刀流卻得借用敵手之刀。

對手赤手空拳，奪刀術便派不上用場，是以千刀流的招數對虛刀流毫不管用。這麼一來，迷彩只好拋去本門心法，持刀應戰。

相較之下，虛刀流雖以劍客為假想敵，卻無敵手上的限制；無論對手為忍者或巫女，有無佩刀，皆能應付。

因此照理推斷，確如七花昨夜對咎女所言一般，是虛刀流略勝千刀流一籌。

自從效命咎女以來，七花變得勤於思考，不再像從前那般懶得動腦筋；他能照常理去推斷事物，說來已是難能可貴。

只是他動了腦筋，想得卻不夠深入。

七花沒想過，迷彩身為千刀流門人，又清楚虛刀流的底細，豈會不明白這點兒道理？既是如此，她何以答應決鬥？

俗話說得好，你有張良計，我有過牆梯；對於過慣了群體生活的人而言，這是當然至極的道理，但七花卻還不甚明白，也不懂得料敵制變。

倘若他昨晚先和咎女商量，或許情況又會不同；但咎女連日調查千刀，精神委頓，竟買了七花的帳，沒再追問下去。這固然是因為他們之間有了默契，統籌大局為咎女所司，捉對廝殺則是七花負責；卻也得歸咎於上個月與宇練銀閣交手時，七花所定之計奏了功，才讓他們倆心生大意。其實那次七花只是瞎貓碰著了死耗子而已。

不明就裡的咎女喝令開打。

「預備——動手！」

諸位看官業已耳熟能詳的第一式「鈴蘭」，乃是以靜制動的起手式；因此七花只是守株待兔，等待迷彩進招。而迷彩對七花使出的第一招是——

「看招！」

她朝七花擲出千刀「鎩」。

千刀衝著七花水平飛旋而去。

「擲劍」並非劍客該有的行止，但迷彩原非劍客。接著她又以另一手拔出腰間的刀鞘，如法炮製地朝著七花擲去。

「呵！」

刀與鞘雙雙飛旋，成了雙重飛鏢。

不過，七花早在不承島上領教過真庭忍軍十二首領之一真庭蝙蝠的手裏劍砲，這等雕蟲小技對他而言根本不算什麼。他以前掌連續砸飛刀與鞘。七花原以為迷彩會繼刀鞘之後衝上前來，沒想到她的下一步卻正好相反。

迷彩一個旋踵，背向七花，朝反方向飛奔而去。

「……咦？」

跑——跑了？

沒頭沒腦的，丟了刀便跑？

問號於七花的腦海中交錯。然而，比武業已開始，對手逃走，他也只能追趕。七花大步踩著石板路，尾隨迷彩而去，將咎女這個裁判丟在一旁。

「啊……」

身後傳來咎女的聲音，但七花已顧不著她了。以咎女的身手，決計追不上疾奔而出的兩名武人。整個神社俱是決戰場地，咎女焉能盡數監視？眼下她能做的，只有小心翼翼地將七花隨意砸飛的千刀「鎩」收回而已。

追不上的不只咎女，七花亦然。體格上明明是七花占得優勢，但饒他使盡了渾身解數，卻依舊重蹈昨日真庭喰鮫一戰的覆轍，與迷彩間的距離越拉越遠。

千刀流和虛刀流一樣，皆是不持刀劍的劍法；這種劍法有個好處，便是不用老提著沉甸甸的刀，身手較為靈便輕快。人的身體是多一分嫌多、少一分嫌少，光是手裡多拿顆小石子，跑步速度便有不同，持刀與否造成的差異自然就更大了。因此迷彩腳程快，倒是不難理解。

只是七花亦未持刀，為何追趕不上？

說穿了，倒也不如七花所想，是迷彩的腳力遠勝於他；若是單比腳力，七花其實還略勝一籌。只不過，七花與迷彩的跑法全然不同；七花只是跑得快，迷彩卻是跑得巧。迷彩的步法乃是專為「追過對手」、「快過對手」而創，若是將七花上個月對宇練銀閣使出的「杜若」步法加以改良，便與迷彩的步法差不多。

這套千刀流的步法，名曰穿地。

七花最不諳你爭我奪、爾虞我詐之道，像「杜若」這種欺敵步法，他自己用歸用，卻壓根兒沒想過對手也會用。真庭蝙蝠使用忍法骨肉雕塑相欺之時，七花亦是渾然不覺。

不過，迷彩這套穿地步法無法長時間使用，只要繼續你追我跑，七花總有追上迷彩的時候。

當然，迷彩很清楚這個弱點；不但清楚，也定下了應對之策。

她與見了對手逃跑便糊里糊塗追趕的七花大不相同。

迷彩跑到拜殿的香油錢箱邊（七花原以為她會往左或往右拐），接著便轉向七花。

她的右手上握著刀。

那刀是——千刀「鎩」！

「咦……啥啊!?」

全力疾奔的七花一時間難以收勢，正使盡渾身解數煞住腳，此時迷彩的刀一閃而過——

「單刀・一字斬——」

這記斬擊雖不及宇練銀閣的拔刀術零閃快，卻已不及閃避，因此七花順勢一滑，上半身猛然打斜；那動作不像閃躲，倒像是跌了個狗吃屎，但好歹躲過了迷彩這一擊。

七花就著這個姿勢迎接第二擊。

他心裡大犯疑猜，手無寸鐵的迷彩是打哪兒生出一把刀來的？這個問題的答案立刻揭曉了。迷彩並未追擊，而是將刀收回香油錢箱後的刀鞘之中，接著拔腿又跑。

這次她奔向樹林裡。

「啊——」

換作旁人，見了香油錢箱後備下的那把千刀「鎩」，或許便能猜出迷彩的戰略，但七花卻渾然不覺。

那意料之外的一刀讓七花失去冷靜。迷彩的單刀・一字斬雖遠不及宇練的零閃，卻喚醒了七花的記憶。七花至今仍未克服零閃深植於心的恐懼感，只不過此時這個弱點尚未浮出水面，因此他仍是想也不想便追了上去。

七花追，迷彩逃。

雖然迷彩是逃的那一方，卻掌握了這場你追我跑的主導權。

七花追趕迷彩入了樹林後，總算發現了她設下的計謀。但此刻他已深深墮入陷阱之中，無法自拔。

在一片幽暗的樹林之中，也犯不著遮遮掩掩了。

每棵樹上都綁著一把千刀「鎩」——

不，不光是樹上；有的埋在草堆裡，有的插在土裡，處處皆是，密不透風。

事先安好的千刀「鎩」不只藏在香油錢箱後的那一把，安插的地點亦不限於樹林，而是遍及神社的每個角落。正殿、拜殿、屋頂，甚至鳥居之上——

千把刀遍布四處。

隨處皆是刀光，滿地俱是劍影。

這下七花可明白迷彩為何將決戰場地限於神社地界之內了——為了不讓他離開千刀「鎩」的安置範圍。

同時，他也明白了迷彩要求咎女找出「第一把刀」的理由為何！

那只是緩兵之計。

迷彩便是趁著咎女調查千刀之時，著手策劃安置千刀的事宜，難怪她忙得分不開身。若不事先規劃安置地點，即便人手再多，也無法在一夕之間將千把刀安置停當，更無法正確掌握每把刀的位置。

迷彩根本不在乎「第一把刀」，她真正的目的，只是將奇策士咎女的注意力暫時移開三途神社而已。

咎女在短短一週之內找出「第一把刀」，自是大出迷彩的意料之外；不過她昨日既能偷空去串七花的門子，可見得她已及時策劃完畢。

迷彩不讓七花幫助咎女，黑巫女的心病固然是理由之一，同時卻也是為了拆散七花與咎女。

昨夜，敦賀迷彩便趁著他們倆在茶室中呼呼大睡之際，與神社內的五十名黑巫女四處安置千刀。

虛刀流與千刀流。

在散布了千把刀的神社之中，七花的無刀壓根兒不成優勢。

七花見識了迷彩手刃真庭喰鮫的招式，便自以為摸清了所有路數，認定千刀流只是尋常的奪刀術，是他的失策。身為隨從的七花，見咎女為了找出「第一把刀」而疲憊不堪，自然不忍再拿千刀流之事煩她；這點亦在迷彩的意料之中。

千刀流本非用於單打獨鬥，而是適用於千軍萬馬奔馳的戰場之上。把戰場上的所有刀劍收歸己用，才是千刀流的厲害之處！

七花已跟丟了迷彩，眼前是一片刀山劍海。

舉目皆刀。

四季崎記紀的完成形變體刀——千刀「鎩」。

鎩、

鎩、鎩、鎩、鎩、鎩、鎩、鎩、鎩、鎩、鎩、鎩、鎩、鎩、鎩、鎩、鎩、鎩、
鎩、鎩、鎩、鎩、鎩、鎩、鎩、鎩、鎩、鎩、鎩、鎩、鎩、鎩、鎩、鎩、鎩、
鎩、鎩、鎩、鎩、鎩、鎩、鎩、鎩、鎩、鎩、鎩、鎩、鎩、鎩、鎩、鎩、鎩、
鎩、鎩、鎩、鎩、鎩、鎩、鎩、鎩、鎩、鎩、鎩、鎩、鎩、鎩、鎩、鎩、鎩、
鎩、鎩、鎩、鎩、鎩、鎩、鎩、鎩、鎩、鎩、鎩、鎩、鎩、鎩、鎩、鎩、鎩、
鎩、鎩、鎩、鎩、鎩、鎩、鎩、鎩、鎩、鎩、鎩、鎩、鎩、鎩、鎩、鎩、鎩、
鎩、鎩、鎩、鎩、鎩、鎩、鎩、鎩、鎩、鎩、鎩、鎩、鎩、鎩、鎩、鎩、鎩、
鎩、鎩、鎩、鎩、鎩、鎩、鎩、鎩、鎩、鎩、鎩、鎩、鎩、鎩、鎩、鎩、鎩、
鎩、鎩、鎩、鎩、鎩、鎩、鎩、鎩、鎩、鎩、鎩、鎩、鎩、鎩、鎩、鎩、鎩、
鎩、鎩、鎩、鎩、鎩、鎩、鎩、鎩、鎩、鎩、鎩、鎩、鎩、鎩、鎩、鎩、鎩、
鎩、鎩、鎩、鎩、鎩、鎩、鎩、鎩、鎩、鎩、鎩、鎩、鎩、鎩、鎩、鎩、鎩、
鎩、鎩、鎩、鎩、鎩、鎩、鎩、鎩、鎩、鎩、鎩、鎩、鎩、鎩、鎩、鎩、鎩、
鎩、鎩、鎩、鎩、鎩、鎩、鎩、鎩、鎩、鎩、鎩、鎩、鎩、鎩、鎩、鎩、鎩、
鎩、鎩、鎩、鎩、鎩、鎩、鎩、鎩、鎩、鎩、鎩、鎩、鎩、鎩、鎩、鎩、鎩、
鎩、鎩、鎩、鎩、鎩、鎩、鎩、鎩、鎩、鎩、鎩、鎩、鎩、鎩、鎩、鎩、鎩、

鎩、

鎩、鎩、鎩、鎩、鎩、鎩、鎩、鎩、鎩、鎩、鎩、鎩、鎩、鎩、鎩、鎩、鎩、
鎩、鎩、鎩、鎩、鎩、鎩、鎩、鎩、鎩、鎩、鎩、鎩、鎩、鎩、鎩、鎩、鎩、
鎩、鎩、鎩、鎩、鎩、鎩、鎩、鎩、鎩、鎩、鎩、鎩、鎩、鎩、鎩、鎩、鎩、
鎩、鎩、鎩、鎩、鎩、鎩、鎩、鎩、鎩、鎩、鎩、鎩、鎩、鎩、鎩、鎩、鎩、
鎩、鎩、鎩、鎩、鎩、鎩、鎩、鎩、鎩、鎩、鎩、鎩、鎩、鎩、鎩、鎩、鎩、
鎩、鎩、鎩、鎩、鎩、鎩、鎩、鎩、鎩、鎩、鎩、鎩、鎩、鎩、鎩、鎩、鎩、
鎩、鎩、鎩、鎩、鎩、鎩、鎩、鎩、鎩、鎩、鎩、鎩、鎩、鎩、鎩、鎩、鎩、
鎩、鎩、鎩、鎩、鎩、鎩、鎩、鎩、鎩、鎩、鎩、鎩、鎩、鎩、鎩、鎩、鎩、
鎩、鎩、鎩、鎩、鎩、鎩、鎩、鎩、鎩、鎩、鎩、鎩、鎩、鎩、鎩、鎩、鎩、
鎩、鎩、鎩、鎩、鎩、鎩、鎩、鎩、鎩、鎩、鎩、鎩、鎩、鎩、鎩、鎩、鎩、
鎩、鎩、鎩、鎩、鎩、鎩、鎩、鎩、鎩、鎩、鎩、鎩、鎩、鎩、鎩、鎩、鎩、
鎩、鎩、鎩、鎩、鎩、鎩、鎩、鎩、鎩、鎩、鎩、鎩、鎩、鎩、鎩、鎩、鎩、
鎩、鎩、鎩、鎩、鎩、鎩、鎩、鎩、鎩、鎩、鎩、鎩、鎩、鎩、鎩、鎩、鎩、
鎩、鎩、鎩、鎩、鎩、鎩、鎩、鎩、鎩、鎩、鎩、鎩、鎩、鎩、鎩、鎩、鎩、
鎩、鎩、鎩、鎩、鎩、鎩、鎩、鎩、鎩、鎩、鎩、鎩、鎩、鎩、鎩、鎩、鎩、

鏘、鏘！

千把刀，造就了排山倒海而來的肅殺之氣！

「這正是千刀流與千刀『鏘』的通力之作——」

敦賀迷彩的聲音響徹昏暗的樹林之中。

「——地利・千刀巡禮。」

■ ■

照往例，來段回想場面。

這回是敦賀迷彩的回憶。

數十年前，她出生為出雲護神三聯隊二號隊隊長的獨生女。當然，當時她既不姓敦賀，亦不叫迷彩；不過在此追溯她原來的姓名，並無多大意義。那已是陳年舊事，而她的家庭也早已破敗了。

她爹是護神三聯隊二號隊的隊長，亦是自古流傳下來的劍道場之主；劍道場中傳授的武功，便是千刀流。這是個連咎女亦未曾耳聞的無名道場與無名流派，不過畢竟是位於出雲自治區之中，因此還小有歷史。

她是這座道場的繼承人，自童蒙之時便開始學習千刀流武功。

千刀流主張「刀乃消耗品」，既是消耗品，便犯不著帶一把特定的刀在身上，徒增負累，只須用對手的便行。千刀流的招牌詞，便是赤手空拳的絕對護身術——絕對護神術。

這主張與虛刀流有相通之處，與奇策士咎女的座右銘亦有異曲同工之妙，然而最為與其暗合的卻另有其人。

故事說到這兒，想必諸位看官已發現這主張與四季崎記紀打造千刀「鎩」時的中心思想完全相同。這個主張是不移的至理，因此才有流派據此創立，也才有刀匠據此鑄刀。照這麼看來，她成了千刀「鎩」的現任主子，或許是冥冥之中的安排。不，說不定是四季崎記紀聽說了這個細水長流的出雲流派後，才起了鑄造千刀之念。千刀「鎩」與千刀流，倘若兩者的名字相同並非偶然，或許這個推測是八九不離十。

此話暫且按下不表。

咱們且將故事追溯至二十年前，亦即先前的大亂之時。

咎女之父，奧州地頭蛇飛驒鷹比等掀起的這場空前絕後、大逆不道的造反，連出雲這個自治區都未能倖免於難；或該說正因為出雲是自治區，缺乏幕府援助，是以戰況更加艱難。

護神三聯隊全數為敵所破，若無周邊各藩主動相助，素有眾神雲集之地之稱的出雲恐怕早從地圖上消失了。能在最後關頭擊退敵軍，說來已是不幸中的大幸。

但對她而言，值得慶幸之事全無，有的只是不幸。

她失去了家及家人。大亂平息之時，她成了隨處可見的野孩子，戰亂孤兒。她無依無靠，也無意依靠別人。

她的價值觀被大亂粉碎，潰不成形。

縱使道場默默無聞，小得風吹便垮，她仍深信千刀流是絕對的護身術與絕對的護神術，認定爹親便是憑此當上了護神三聯隊的二號隊隊長。

但她引以自豪的千刀流在大亂之中卻完全派不上用場，父親身亡，前來道場學藝的門人亦全數戰死。

活下來的，只有未出戰的自己。

她引以自豪的武藝不過爾爾。

從此以後，她開始墮落。

她埋伏於山路上，洗劫前來出雲遊山玩水的香客，有時甚至辣手殺人；換言之，她成了山賊。即使來人為練家子，她暗中偷襲，往往亦能一擊得手；不，最好是練家子，因為對手佩刀，更方便她使用千刀流的招數。將歷史悠久的千刀流用在燒殺擄掠之上，她毫無半點兒愧疚。反正是個爛流派。起初她獨來獨往，我行我素；但綠林中亦有權勢之爭，只是她還活在正道時看不見——沒去看而已。聖地出雲之中不乏宵小之輩，她為了討生活，時而與之對立，時而合作，最後加入了出雲之中規模最大的山寨。

她加入那個山寨，並非為了代代承傳的千刀「鎩」；但在她投靠之前，便已知道那頭目擁有千刀了。

後來之事不提也罷。對她而言，那是段渴望遺忘的故事，她連想也不願想起。

你究竟為何而戰？

這是迷彩詢問七花的問題。對於這個問題，真庭忍軍十二首領之一真庭喰鮫的答案其實正確無誤。

若妳得先問上這麼一句才能動手，不如別打了。虧妳還有閒情逸致談這種問題！啊！愚昧至極！

的確是愚昧至極。

事實上，她幹山賊的那十三年間，從未想過這個問題。為何而戰，為何殺人？她沒餘裕去思考這些問題，只是一味打打殺殺。不是為了生存，不是因為不想死，只是際遇使然。

打從出娘胎以來，她頭一次有此疑問，是在成了山賊的十三年後；當時她已當上山賊頭目，繼承了千刀「鎩」數年，正在攻打三途神社。

本來頭目是不幹斥候工作的，她卻親自到三途神社踩盤子，並將當時的掌理人敦賀迷彩及其餘神官趕盡殺絕。那時的三途神社並非武裝神社，神官們也沒佩刀，是以她用的不是千刀流招式，而是原始的手段，將人一個個勒死。

她無法原諒。

決定攻打三途神社的並非迷彩，但當迷彩仍是道場的千金小姐之時，她曾聽過三途神社的來歷。三途神社是弱女子的避風港——既然如此，為什麼？

為什麼沒來救我？

是她自己決定當山賊。

是她自己決定不依靠任何人。

但神明就該連這種自甘墮落的人都救，才叫神明啊！

「原諒我。」

神主被勒住脖子時，如此說道。

她以為當時的敦賀迷彩說這句話，是在求饒；討饒的話她聽膩了，犯不著再聽。然而並非這麼回事。

「原諒我沒能救妳。」

神主的語氣溫和沉穩。

「但是請妳放過她們，她們沒做錯什麼。」

這是神主的遺言。

她是頭一次碰上臨死前說這種話的人，因此她開始思索自己為何而戰，為何殺人，為何生存。

她並不是萌生了罪惡感，亦不是洗心革面；她沒有任何改變，只是開始思索。

倘若她繼承敦賀迷彩有個具體的時間點，便是在這一瞬間。

她回到山寨，殺光了四十三個弟兄，幾乎不費任何工夫。眾山賊與手無寸鐵的神主不同，平時便攜刀帶劍；而敵手越是全副武裝，數目越多，千刀流越能發威。說來諷刺，她以千刀流燒殺擄掠的這十三年來，反而將招式練得爐火純青。那些弟兄們——或許當時已不能再偽善地以弟兄相稱——完全不知道發生了什麼事，毫無時間抵抗，轉眼間四十三人便被殺個精光。於是她帶著千刀「鎩」為伴手禮，以敦賀迷彩之名入主三途神社。

武裝神社．三途神社於焉誕生。

這是七年前之事。

直到現在，她有時仍會思索：為何那句話能打動自己？為何能讓自己將過去的十三年全盤否定？

是同情？是後悔？她不明白。

若將這段故事說給鑢七花聽，只怕他也不明白。七花不會懂得迷彩的行動原理，但咎女或許能懂。先前的大亂令迷彩的人生產生巨變，身為主謀之女的咎女亦然；她們同為捨去姓名之人，也許能彼此瞭解。

然而對迷彩而言，這不重要。她唯一能肯定的，便是拯救三途神社的千名黑巫女，就等於拯救她自己。

迷彩表面上是救人，實則是自救。

沒錯。

神不會救人，神是供人祀奉的。

套句後世政治家的話，別去想神為自己做了什麼，該去想想自己能為神做什麼。

老實說，奇策士咎女的提議是她求之不得的。為了多得兩把四季崎記紀的變體刀，她甘冒任何風險。

有了絕刀「鉋」與斬刀「鈍」，她便能多救兩個人。

不，比起刀毒分散於千把刀之上的「鍛」，這兩把刀的效果定然更大，也更能拯救迷彩。

因此她下定決心，定要擊敗七花，奪得變體刀。為此她費盡心機，設陷阱，耍手段。

我是為了她們而戰！

也是為了自己而戰。

「……你打算怎麼辦？」

在咎女喝令開戰的一刻鐘後，敦賀迷彩如此詢問鑢七花。

七花靠在一棵大樹上四下張望，卻沒看見迷彩的身影；迷彩倒是將七花看得一清二楚。

這便是地利。

這七年來，迷彩可沒白當了三途神社的掌理人。她知道七花現在護住後心的大樹上也綁著一把千刀「鎩」。

若是現在立刻奔去拔起那把刀，或許能砍中七花；自千刀巡禮展開以來，七花只能一味逃跑，如今已現疲色。這正是迷彩設下的計謀。迷彩於這一刻鐘裡的攻擊，並非為了傷敵；莫說起先擲出的刀，就連香油錢箱後的單刀・一字斬，也是以被避開為前提而施展的。

引七花疲弊才是她的目的。

迷彩深知要和七花這樣的彪形大漢較量體力，自己絕無勝算，因此在這一週之內暗中做了不少手腳。飯菜下毒這等明目張膽的事她是沒做，卻刻意減少了兩餐飯菜的分量。一天只吃那麼點兒，嬌小如咎女倒也罷了，七花壓根兒吃不飽。

為了得勝，她打一開始便已安下暗樁。

這下萬事俱備，只欠東風。

「咱們的規矩是可以認輸，我好歹也是祀奉神明的人，不願行無益的殺生。咱們的實力差距已經很明顯了，只要你肯投降，我欣然接受。」

「…………」

七花沒回答。

他似乎在尋找聲音的來源；這是白費工夫，迷彩可不是為了暴露自己的行蹤才說這些話的，她也沒蠢到因此露餡。打從還沒幹山賊之前，她就機靈得很了。

迷彩繼續說道：

「停止無謂的抵抗吧！虛刀流的武功無法與千刀巡禮抗衡。虛刀流與千刀流於不佩刀一節上雖然相似，但在實戰之中，卻是千刀流略勝一籌。」

……倘若咎女在場，定會有條有理地否定迷彩之言。即便在此刻，七花對迷彩，虛刀流對千刀流，亦未占了下風。

七花原以為這場勝負有利於己，迷彩的千刀巡禮卻推翻了這個前提，因此狀況不過是回到了五五波。

七花雖未占得上風，也非處於下風；他尚未被逼進死路。

迷彩可不是為了以示公平，才在七花面前露了一手雙刀・十字斬對付真庭喰鮫。她的真正意圖，與這般武士道精神相去甚遠。

這是她的驕兵之計。

七花勝了比試，只能得到一把千刀；但迷彩贏了，卻能兼得絕刀與斬刀。這個條件並不公平，顯然利於迷彩。迷彩施這驕兵之計，便是為了引七花掉以輕心，認定迷彩是吃了咎女這塊餌，糊里糊塗地答應一決高下。

接著，迷彩再以千刀巡禮攻其驕心。

她勸七花認輸，也不是為了避免無謂的殺生。

若能不戰而勝，自是再好不過；對手最好深信自己毫無勝算，主動認輸。要是她上前攻擊，七花接戰，或許便會發現狀況並沒他想的那麼不利。

迷彩並不畏戰，只是希望趁著七花尚未恢復冷靜，了結這場仗。

她很清楚如何利用恐懼與畏怯。

「好了，你打算怎麼辦？」

迷彩語氣豪爽，卻婆婆媽媽地重複道。

她明知自己並未占得上風，卻不動聲色地哄騙七花投降。縱使七花沒接受這道最後通牒，聽了這話以後，感到雙方實力懸殊，定會開始胡思亂想。想得越多越好。反正以七花的腦筋，也想不出什麼道理來；最好胡思亂想，自取敗亡。

無論七花降不降，有句話迷彩非說不可。

「你認輸便成了。反正對幕府將軍家而言，集刀便和遊戲差不多，這種任務不值得你賭上性命去幹。虛刀流不及千刀流，如此而已——」

鑢七花生長於無人島，毫無實戰經驗；但敦賀迷彩卻幹了十三年的山賊，兩者起跑點不同，差距極難填補。

然而——

「……妳吃肉吧？」

七花平靜地說道。

他依然摸不清迷彩的位置，是以說話時並未向著特定方向，宛如喃喃自語一般。

「唔……肉？」

「對，肉。我吃獸肉。」

見七花開始胡說八道，迷彩略感錯愕。莫非我將他逼得太緊了？這下子要他開口認輸，反而難了——

七花完全無視於迷彩的猜疑，繼續「胡說八道」。

「就拿咎女來說吧，那種苦哈哈的水她都能大口大口灌下去了，竟然說獸肉這玩意兒不是人吃的，真過分。我和我姊姊打從孩提時便開始吃啦！有時生吃，有時烤來了吃，有時煮，有時蒸……滋味和野菜、鮮魚完全不同。這一陣子我配合咎女沒吃肉，挺想念那滋味……」

「……？那又如何？習武之人吃肉，並不稀奇。雖然我不吃——」

「不過，野獸跑得可快啦！我在島上的時候，怎麼追也追不著，要吃上一回可不容易。我看妳的腳程也挺快的，但八成也追不上。想吃的時候，只得設陷阱——」

陷阱。

便如這千刀巡禮一般。

「可我生性蠢笨，有回在屋邊設了陷阱，結果上鉤的竟是我姊姊……那次可慘啦！」

「……………」

「妳懂嗎？簡而言之，陷阱是用來對付獵物的，不能設在屋邊——」

「你想說什麼？」

迷彩忍不住問道。

她可沒空聽七花發牢騷。

「你從剛才便盡說些沒頭沒腦的話。要是你不認輸，就——」

「我想到了一件事。」

七花打斷她。

「……唔？」

「我一直想著該怎麼破解這千刀巡禮。所謂有法有破，總有個辦法吧！」

「沒有破解法。」

迷彩斷言。

「千刀巡禮所向無敵，千刀流是絕對的護身術，亦是絕對的護神術。」

「那就得試試——虛刀流是否真不如千刀流！」

說著，七花疾奔而出。

迷彩心知他欲往何處，心頭一陣緊張。不妙！莫非他……

他發現了！

就憑他那點兒腦筋!?

「嘖……！」

要比心機，迷彩是遠遠勝過七花。

但迷彩急於挫七花的志氣，竟犯下了要不得的錯誤。迷彩應讚許虛刀流，責難七花之失，不該以七花一人之過而貶低虛刀流。

迷彩有此失著，一來是因為她對七花自承殺父之事過於掛懷，二來是因為她對本門武功全無自豪之情。迷彩嘴上說千刀流所向無敵，為絕對護身術，亦為絕對護神術，其實自己壓根兒不當一回事。

迷彩評論虛刀流與千刀流的優劣，只是為了挫七花之志；但七花卻是真心將這場勝負當成虛刀流與千刀流之間的較量，這便是他們的不同之處。

跟著父親苦練虛刀流武功十九年的七花，素來以虛刀流為傲；雖然他看來溫吞散漫，對虛刀流的感情卻是深厚無比。

因此迷彩不該侮辱虛刀流。

她不光是給了七花恐懼與畏怯——還帶給了他憤怒。

憤怒使人激昂，激昂拂去恐懼與畏怯，有時甚至孕育了奇蹟般的智慧。

「怎、怎麼回事!?」

迷彩不懂哪裡出了錯，對流派毫無自豪之情的她無法明白。她只能一頭霧水地追趕七花。

單比腳力，迷彩或許不及七花；但要爭相競逐，卻是迷彩更勝七花一籌。只要能在抵達彼處之前追上七花，迷彩便能以安置於四下的千刀「鎩」攻其後心！

然而，迷彩終究沒追上七花；樹林阻礙了她的追趕。迷彩於神社境內確實占有地利，但在這片樹林之中，她的地利卻得略打折扣。因為七花在樹林叢生的不承島上生活了二十年，早走慣了山野僻路。

七花此時的憤怒亦足以填補步法所生的差距，只見他穿過樹林，奮力一縱，赤裸的腳底掀起一陣煙塵，最後終於停下腳步。

迷彩也跟著停下，她不得不停。如今追上去亦於事無補。

因為那一帶並未安置半把千刀「鎩」，縱使追上去，亦無刀可用。

「這倒也難怪啊……」

七花緩緩回過頭來說道：

「妳總不能到這兒來動手腳嘛……敦賀迷彩。就算不提防我，也得提防咎女啊！」

七花駐足之地，正是七花與咎女這一週來的起居之所——茶室之前。

■

■

地利．千刀巡禮——千刀流與千刀「鎩」的通力之作。

此招乃是事先將刀設置於戰場各處，以收不攜兵刃便能隨地攻敵之效。七花的敵手只有迷彩一人，感覺上卻如以一敵千。

以四季崎記紀所造的千刀「鎩」布陣，正彰顯此招的精義所在。千刀流素來是奪人兵器以為己用，所用的刀劍回回不同；但千刀巡禮不然，千把刀造得一模一樣，用起來的手感毫無二致。

千刀「鎩」宛如為千刀流而生。若刀真會選主人，千刀選中的便是千刀流。千刀「鎩」正是為千刀巡禮量身打造。

正因為如此，布刀時才得格外謹慎，須得神不知鬼不覺地於一夕之間安妥千把刀，不能讓七花與咎女察覺。

茶室是他們的起居之所，是以周圍便成了唯一無法布刀之處。

迷彩早顧慮到這一節，才沒安排他們倆住進正殿，反而挑了間偏遠的茶室，好將無法布刀的範圍縮至最小。

開打後她轉身便逃，將七花引入幽暗的樹林之中，固然是因為該處布下的刀最多；但最大的目的，卻是將七花引開茶室。

若不是迷彩一時失言，七花應該不會發現此事。倘若她對千刀流還留有半分自豪之情——

事到如今，說什麼都為時已晚。

七花回身，擺出第一式「鈴蘭」。於樹林裡奔走一刻鐘的疲勞確實仍殘留著，但方才那股束縛感與壓迫感已消失無蹤。

如今已非以一敵千，令他束手無策的劣勢已不復在。

「……唉！」

迷彩嘆了口氣，承認並接受自己的失算。她幽幽說道：

「就算奪得千刀，你們也還沒想出送回尾張的方法吧？」

「…………」

「我已經事先指示過黑巫女，若是我輸了，就要她們通力合作，將刀一把一把地送回尾張……把千刀分散至千人手上，應可避過賊人的耳目。若你們願意，便照我的方法做吧！」

「……妳這話什麼意思啊？」

迷彩並未回答七花的疑問，自顧自地說道：

「不過我有個交換條件：我希望你們能要求幕府照料那千名黑巫女，以及這座三途神社。」

「喂，妳這話——」

「另外請幕府派一個合適的人選來接我的位子，最好是懂得人心，性情溫厚之人。雖說幕府裡多是些邪魔歪道，總有一兩個好人吧！我已經指派了復原良好的黑巫女來暫代我的職務，詳情便去問她吧！」

「代表妳認輸了？」

「不是。」

迷彩搖頭，並朝著腳邊伸手，拔出了埋在地下的千刀「鎩」，微微豎起了刀。

「只是落敗的可能已大得不容忽視，必須先將後事交代好才行。我不會認輸的，因為我非奪得絕刀和斬刀不可。」

「…………」

「天下間沒有白吃的午餐，我既然賠上了一條命，做這些要求並不過分吧？也許你們還不能體會這種心境，其實栽在年輕人手上的感覺並不壞。說句矛盾的話，這場仗輸了也無妨……我說過了吧？或許我早等著你們這樣的人前來。」

「…………」

「要說矛盾，我用刀毒救人，才是真正的矛盾。我一直認為以殺人兵器來救人，並不正確；但很遺憾，這是必要之惡。」

「…………」

「說什麼毒啊藥的，其實這種玩意兒不過是砍人用的菜刀罷了。老實說，其他方法不見得沒有；從前的敦賀迷彩沒半把變體刀，還不是把這座神社打理得好好的？我為了幫她們，給了她們刀，究竟是對是錯？她們過去便是被刀折磨，刀又豈能救得了她們？眼下刀對她們而言，不是毒，而是藥；但若她們因此離不開刀，那麼這些刀終究不是藥，而是毒了。」

「話又說回來，無論是對是錯，我也沒其他辦法了；所以我才等著，等著你們這樣的人來粉碎我無謂的顧慮與刀毒的必要之惡，等著有人來推翻我的做法。」

或許這又是迷彩的哀兵之計，為的是引恢復冷靜的七花再度動搖。經過昨天那番談話，迷彩應知哀兵之計對於七花並不管用，但也不是全然無望。

然而此時七花想的卻是另一回事。他默然無語，並非是在專注地聆聽迷彩說話，而是聚精會神地望著迷彩從地底拔出的千刀「鎩」。

見了此刀，七花心生感應。

那種感覺與上個月在因幡下酷城見到宇練銀閣的斬刀「鈍」時一模一樣——他確信敦賀迷彩手上的這一把刀，便是千刀「鎩」——不，是第一把千刀「鎩」。

咎女的推測條理分明，教人心服口服，卻與真相不合。她說的「第一把刀」並非真正的第一把千刀「鎩」。

無論她的推理如何頭頭是道，畢竟並非絕對；但七花現在的感覺，卻是貨真價實，如假包換。

四季崎記紀未曾在第一把刀上留下記號。以他異於常人的作風，豈會這麼做？

迷彩手中的方為第一把刀，千刀「鎩」的雛形。

敦賀迷彩竟在這最緊要的關頭，以千分之一的機率抽中了第一把刀。

千刀「鎩」選中了她，如同七花選中了咎女。

這件事教七花的心神登時大定。縱使他曾因優勢復得而產生些許輕慢之心，也因此事而煙消雲散了。就這一層意義上，迷彩於此刻抽中了第一把刀，反而是倒了運。

然而，這亦是冥冥之中的安排。誰教她是千刀「鎩」選中的主子呢？

「虛刀流第七代掌門鑢七花於此候教！進招吧！」

七花呼喝。

迷彩回道：

「……出雲大山三途神社……」

話說到一半，她卻閉上眼睛，改口說道：

「不，千刀流第十二代掌門敦賀迷彩，便來討教幾招。留神了！」

她說這句話時是何心境，不得而知；應當不是對本門武功恢復了自信，也不是另懷鬼胎、蓄意擾敵。

「教你見識千刀流的千絕！」

「好——不過屆時只怕妳已被大卸八塊。」

至此，不帶計略謀策、不設機關陷阱的公平決鬥終於展開。

敦賀迷彩與鑢七花，千刀流與虛刀流，以及千刀「鎩」與虛刀「鑢」之間的決鬥，一觸即發！

「喝！」

迷彩與初時一樣，朝著七花擲出手中的刀；七花也依樣畫葫蘆，將刀彈至半空中。

正如迷彩所料。

七花實戰經驗少，在同樣狀況之下出同樣招式，他便會以同樣方式應對；因此迷彩料定七花會將千刀彈至半空中。

迷彩採取的行動，亦如七花初時猜測的一般。她擲出千刀之後，緊接著便衝向七花。

未佩刀的迷彩身輕如燕，速度驚人；她在最後一步時縱身一跳，牢牢抓住空中飛舞的刀。

千刀流連半空中的刀亦能收歸己用。

「空中單刀・億字斬──！」

七花帶著最高的敬意，使出絕招迎擊；這是他目前所能用的最快招式。

七花的下半身猶如生根扎地，又穩又牢；他以此為軸，腰身猛轉，一掌推出！

招式簡單，卻威力無窮。

「虛刀流，『鏡花水月』──！」

■ ■

「哈，哈，哈，哈，嗚……哈，哈，哈，哈……啊！」

決鬥才開始，咎女便追丟了七花與迷彩，但她生性一板一眼，責任感不容她放棄見證人及裁判的工作；只見她哭喪著一張臉，在神社境內四處找尋，這會兒才終於追上兩人。

待她追上之時，一切早已結束了。七花站在靜僻的茶室之前，直盯著自己沾滿鮮血的左手；倒臥於一旁的則是手持千刀「鎩」的敦賀迷彩，她的心窩扭曲，留下了一個掌印。

「七、七花——」

「哦！咎女。」

咎女出聲叫喚，七花發覺她的到來，便以爽朗的笑容相迎，略帶驕傲地報告自己的成果：

「我贏了。」

他又說道：

「如妳所見，毫無誤判的餘地。」

「啊，嗯——」

咎女俯視迷彩，她的身體已化冰冷的屍首。

三途神社的掌理人敦賀迷彩，原為山賊。

咎女對她的生平所知不多，卻不難猜想。不，不只她，舉凡這個神社中的千名巫女，個個都有不為人知的隱情，足以匹敵，甚或勝過咎女集刀的「理由」。

雙親被害，滿門抄斬，九族盡誅。

這座神社裡多的是有這類遭遇的人。

然而，咎女卻為了自己的私情與野心，為了報一己之仇，犧牲了她們。

「七花，爾也犯不著——」

咎女開口說道，卻猛然醒悟。

爾也犯不著趕盡殺絕吧？她險些如此責備自己的刀。

敦賀迷彩當山賊的十三年間，殺害過的無辜之人不計其數；她的過錯，是無論如何謝罪、如何補償都不能饒恕的。

即使她以千刀「鎩」之毒為藥救人，也只是偽善。

不，謝罪、贖罪，全都是偽善。敦賀迷彩背負著無可饒恕的罪過。

不過，咎女無權制裁她。

咎女集刀，亦是為了一己之私。

「唔？怎麼啦？咎女。」

七花一派天真，絲毫不似才殺過人。

毫無覺悟，亦無所捨——一把殺人的日本刀。

刀不選擇砍殺的對象，卻選擇主人；既然如此，殺了敦賀迷彩的便等於是咎女自己。

這是咎女選擇的道路，事到如今，她已不能回頭。

因這等小事而動搖的覺悟，她早已捨去。

「七花——」

咎女壓抑情感，將苦水吞入腹中，強打精神說道：

「做得好。」

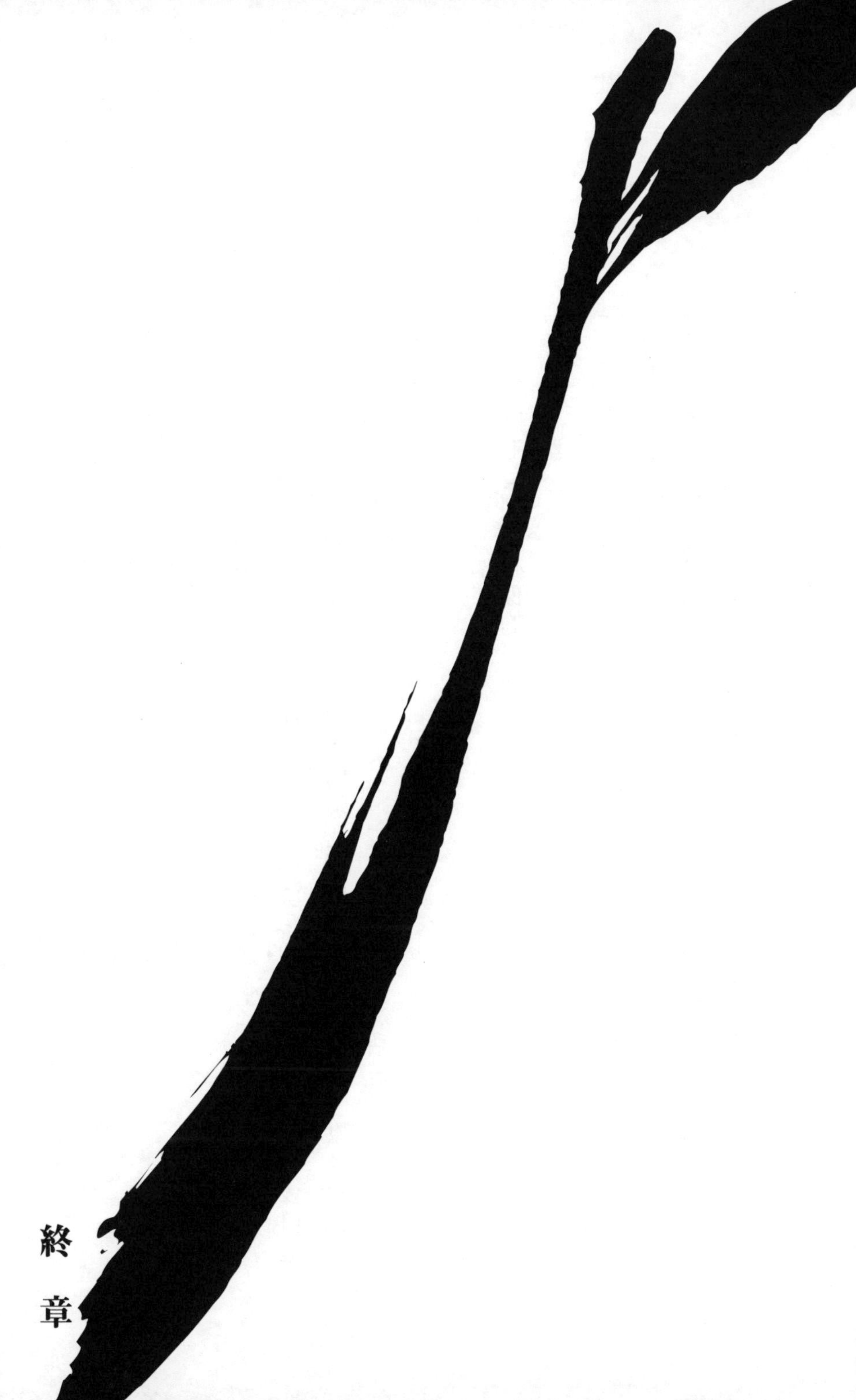

終章

■ ■

當天傍晚，七花與咎女便離開了三途神社。面對迷彩之死，眾黑巫女的反應遠比咎女想像的來得冷靜許多，甚至可說是冷淡。她們似乎連迷彩死後自己將何去何從都漠不關心。受迷彩囑咐，處理善後的黑巫女也一樣；唯一不同之處，是她說了句類似感想的話：「果然落到這般田地了。」這話是何意，她又何出此言，咎女並不明白。

「好啦！」

七花詢問並肩爬下石梯的咎女。

「接下來呢？」

「……接下來？」

「要去奪哪把刀？」

「哦！眼下已得了絕刀『鉋』、斬刀『鈍』及千刀『鎩』三把完成形變體刀，我打算先回尾張一趟。有這三把刀當見面禮，應該足夠了。」

「嗯！」

「我也得向上官介紹爾。其實雇用爾時，我是先斬後奏，不過爾的表現出色，上頭的人應當不會有微詞才是。」

「三個月得了三把刀，表現的確不差。話說回來，咱們蒐集得還挺順利的嘛！聽說連舊將軍費盡心機都無法得手，我還以為蒐集這十二把刀是多棘手的差事呢！接下來只須再如法炮製九次，便大功告成啦！」

「不可存輕慢之心。一來太平盛世的刀主兒原就不若舊將軍時代的棘手，二來舊將軍是個暴君，行的是暴政，與我的奇策豈能相提並論？再說，若無舊將軍的前車之鑑，我們也無法順利集得這些刀。」

「有理。」

「若是明白了這個道理，以後就別再口出狂言。就算爾辦到了旁人力有未逮之事，也不值得拿來說嘴。」

「知道啦！知道啦！我只是一時得意忘形，犯不著這麼訓我嘛！那我們回尾張以後呢？見得著將軍嗎？」

「說什麼傻話？」

七花出言試探，卻被咎女一口駁斥。

「想參見將軍，得等我們集齊十二把刀。」

「是嗎？」

「爾這麼想見將軍大人？」

「不，倒也不是——」

七花打住了話頭。七花關心的是咎女能否見到將軍，既然咎女不願提，他便不該追問。現在還不是時候。

「尾張啊，不知道是個什麼樣的地方？和京都相像嗎？」

「規模雖像，但尾張沒京都那般繁華熱鬧。京都一年到頭都是慶典，而尾張則是泱泱大城，氣氛莊嚴肅穆。」

「唔……」

「若照方才定下的計畫，我們會在黑巫女送達千刀之前先行抵達尾張城；不過無妨，便這麼辦吧！」

「是嗎？話說回來……」

七花微微回過頭，憶起了三途神社——那塊曾經充滿千刀的土地。

「不打緊嗎？」

「何事不打緊？」

「我是說妳一口答應安置那一千個女人，辦得到嗎？還有這個神社──」

「那當然。」

咎女說道：

「若連區區千名女子都無法安頓妥當，家鳴幕府還有臉在中央飛揚跋扈麼？」

「嗯……」

七花不甚明白。當然，身為刀的他不該懂這些事，也無須懂得。

「攬下這筆交易，能和出雲自治區建立密切關係，幕府並不吃虧。只不過，既然失去千刀，三途神社便不再是武裝神社，但這也只是恢復原狀而已。」

「恢復原狀？」

「恢復因刀改變的原狀。」

「……既然如此，迷彩一開始這麼辦不就得了？就是因為她貪心，連絕刀和斬刀都想要，才會──」

因為她貪心，才會喪命——

「那不叫貪心。再說，迷彩畢竟是變體刀的主人，豈能對四季崎記紀的刀毒免疫？除非有人來奪，否則她不會放手的。」

「是嗎……那妳呢？」

「唔？」

「要是我輸了，妳會按照原先的約定，把絕刀和斬刀交給她嗎？」

「這個嘛……」

「這個嘛!?」

「船、船到橋頭自然直——不，我深信爾不會輸。」

「……妳這個人做事還挺胡來的，該說妳大膽呢？還是不知天高地厚？『第一把刀』之事也一樣。」

「『第一把刀』怎麼了？」

「唔……不，下回再同妳說，我現在還沒理出頭緒……我似乎能感應四季崎記紀之刀的不尋常之處，不知這代表了什麼意義？」

「別想太多，七花，這回爾便是因為多慮而栽了個跟斗。話說回來，我又錯過了爾的絕招，該怎麼寫奏章？真教我頭疼。」

「從真庭蝙蝠、宇練銀閣到敦賀迷彩……老實說，妳根本沒法兒好好看我和敵人交手嘛！」

「呃！唔……」

咎女無言以對。

就目前的發展看來，確是如此。為了撰寫奏章，也為了好好管理七花這把刀，她得想個辦法才成。

「話說回來，這下子得和這道石階道別啦！我還真有點兒捨不得。」

也不知七花明不明白咎女的懊惱，只見他一面說著，一面在同一段石階上踏了好幾次腳，似是在檢查腳下牢不牢固。他們已爬了好一陣子，目前所在之處應是第五百階左右。

「唔……？爾捨不得的並非神社，而是石階？真是古怪。」

「唉！我一想到以後再也沒機會抱著妳爬這座石梯，就覺得有點兒惆悵。畢竟這種機會是可遇而不可求啊——」

「嗟、嗟了！」

聽七花竟說出這等輕薄話來，咎女立刻出拳制裁；但此時的她竟忘了自己身在陡急的石階中央。

更何況她正在下梯。

果不其然，她一腳踩了個空。

「啊！」

「嘿！」

七花伸手及時抓住了懸在半空中的咎女，但他的身子也因此探出石階之外；饒是咎女如何嬌小，七花如何高頭大馬，在這種姿勢之下決計踩不住腳。

「嘿、嘿、嘿——咦？」

「啥——哇！」

就這樣，他們倆交纏在一塊兒，咕咚咕咚地滾下剩餘的五百階石梯，毫不止息，越滾越快。

一路摔落的兩人尚未發覺他們不能就此返回尾張。

因為日本最強的劍客——普天之下唯一能將十二把完成形變體刀之中最難使的薄刀「針」使得出神入化，堪當劍豪劍聖之譽卻自甘墮落的錆白兵——正虎視眈眈地等在前方。

（千刀・鎩——得手）

（第三話——完）

（第四話待續）

登場人物介紹 は

敦賀迷彩

年齡	不詳
職業	神職
所屬	三途神社
身分	巫女
所有刀	千刀『鎩』
身長	五尺八寸
體重	七十五斤十二兩
興趣	陶藝

必殺技一覽

步法・穿地	⇦⇙⇩ 踢
單刀・一字斬	⇨⇨⇨ 斬＋踢
雙刀・十字斬	⇨⇩⇧⇦ 斬＋突
空中單刀・億字斬	⇦⇖⇧⇗⇨斬斬斬
地利・千刀巡禮	⇩⇩⇧⇧ 斬＋突＋踢

交戰對手	錆兵白
蒐集對象	薄刀・針
決戰舞臺	周防・嚴流島

後記

假如做了壞事，該如何贖罪？我認為這是道極大的難題。或許這種問題是見仁見智，沒有一定的答案。所謂的壞事，指的是哪些事？要界定範圍也是個問題，在這裡便姑且定義為「產生被害者的一般性壞事」吧！人非聖賢，孰能無過？人活在世上難免會犯錯，即使沒牴觸法律，仍是或多或少造成了別人的麻煩。那麼這種壞事該如何彌補呢？不是道歉反省過便算了，更不是嘗過同樣的痛苦便能了事。基本上，我覺得贖罪本身即是種相當傲慢的想法。倘若被害者對於自己所受的對待毫不介意，甚至不覺得自己受到了傷害，那麼加害者的罪就不成立了嗎？當然不是。縱使加害者沒有加害自覺，完全不覺得自己有錯，罪依然是罪。罪過也好，其他行為也罷，無論如何後悔或試圖遺忘，做過的事並不會因而消失，當然得一輩子被提起。補償及懲罰是為了被害者而做的行為，並非為了自己，但總是有人搞錯了這一點。到頭來，每個人都是自我本位的生物，連思考罪與罰時也是以自己為中心；一思及此，便教我忍不住鬱悶起來。我們還是將大道理擱一邊，做錯了事先道歉再說吧！

本書是全十二冊的「刀語」系列小說第四冊，不，是第三冊，以合千為一的千刀為主角。單冊完結的連載小說後記居然能如此難以下筆，說來也真夠稀奇了；不過故事正文卻是不疾不徐地進行之中。這個系列的後記等於是為了感謝插畫家竹而寫，不過正如光道歉不能了事一般，謝意也不是說說嘴便能作數的，表達謝意亦是一門艱深的學問。總之這回就這麼作結了吧！

接下來還有九回，再接再厲。

西尾維新

本書乃應十二個月連續刊行企畫『大河小說 2007』所寫下之作品。

浮文字

刀語 第三話 千刀・鎩

（原名：刀語 第三話 千刀・鎩）

作者／西尾維新　插畫／take　譯者／王靜怡

執行長／陳君平　榮譽發行人／黃鎮隆

協理／洪琇菁　國際版權／黃令歡

執行編輯／呂尚燁　美術編輯／李政儀

企劃宣傳／洪國瑋

發行／英屬蓋曼群島商家庭傳媒股份有限公司城邦分公司　尖端出版
台北市中山區民生東路二段一四一號十樓
電話：（〇二）二五〇〇—七六〇〇（代表號）
傳真：（〇二）二五〇〇—一九七九

中部以北經銷（含宜花東）／楨彥有限公司
電話：（〇二）八九一九—三三六九
傳真：（〇二）八九一四—五五二四

雲嘉經銷／智豐圖書股份有限公司　嘉義公司
電話：（〇五）二三三—三八五二
傳真：（〇五）二三三—三八六三

南部經銷／智豐圖書股份有限公司　高雄公司
電話：（〇七）三七三—〇〇七九
傳真：（〇七）三七三—〇〇八七

一代匯集／香港九龍旺角塘尾道六十四號龍駒企業大廈十樓B&D室
電話：（八五二）二七八三—八一〇二
傳真：（八五二）二七八二—一五二九

馬新經銷／城邦（馬新）出版集團　Cite(M)Sdn.Bhd.
E-mail：Cite@cite.com.my

法律顧問／王子文律師　元禾法律事務所
北市羅斯福路三段三十七號十五樓

二〇二二年九月二版一刷

KODANSHA BOX

本作品於2007年於講談社BOX系列出版。

■中文版■

郵購注意事項：
1. 填妥劃撥單資料：帳號：50003021戶名：英屬蓋曼群島商家庭傳媒(股)公司城邦分公司。2. 通信欄內註明訂購書名與冊數。3. 劃撥金額低於500元，請加附掛號郵資50元。如劃撥日起 10～14日，仍未收到書時，請洽劃撥組。劃撥專線TEL：(03) 312-4212 ・ FAX：(03) 322-4621。E-mail：marketing@spp.com.tw

國家圖書館出版品預行編目資料

刀語 / 西尾維新 著 ; 王靜怡譯. -- 2版.
--臺北市：尖端出版, 2022.09
面 ; 公分. --(浮文字)
譯自:刀語
ISBN 978-626-338-406-4 (第1冊 : 平裝)
ISBN 978-626-338-407-1 (第2冊 : 平裝)
ISBN 978-626-338-408-8 (第3冊 : 平裝)
ISBN 978-626-338-409-5 (第4冊 : 平裝)
ISBN 978-626-338-410-1 (第5冊 : 平裝)
ISBN 978-626-338-411-8 (第6冊 : 平裝)
ISBN 978-626-338-412-5 (第7冊 : 平裝)
ISBN 978-626-338-413-2 (第8冊 : 平裝)
ISBN 978-626-338-414-9 (第9冊 : 平裝)
ISBN 978-626-338-415-6 (第10冊 : 平裝)
ISBN 978-626-338-416-3 (第11冊 : 平裝)
ISBN 978-626-338-417-0 (第12冊 : 平裝)

861.57 111012170